KB064295

걸어가니 길이었다

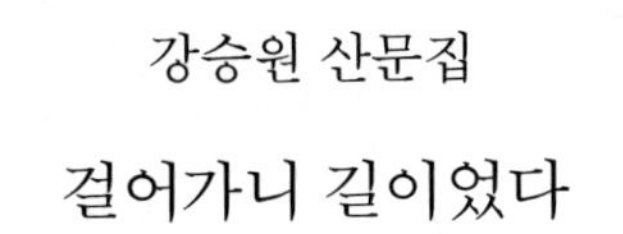

강승원 산문집

걸어가니 길이었다

도화

산문집을 엮으면서

『걸어가니 길이었다』로 나는 세 번째 산문집을 펴낸다. 한국일보 기자가 되고 몇 해 뒤에 써낸 단편소설이 『월간문학』 신인상을 받으면서 소설가로도 활동하게 되었고 그 뒤 소설집, 장편소설, 산문집 등 여러 권의 책을 펴내왔다. 이제 팔십을 넘긴 나이로 또 책을 엮는다는 것이 어려운 일이긴 하지만 내 일생의 마지막이라고 생각하고 산문쪽 글쓰기에 맛을 다시 한번 느껴보고자 한다. 뜻이 제대로 이어지지 못한 곳이나 생경한 낱말이 눈에 띄면 눌러 헤아려 주시기 바란다. 군말을 용납해주십시오.

이천이십일년 겨울

강승원

차례

아아! 금강산

나는 지난 오월에 하늘 아래서 뛰어난 명산이라고 일컫는 우리의 금강산을 구경하고 돌아왔다. 금강산은 천구백사십오년 우리 겨레가 일본의 식민지에서 풀려났던 해방 직후까지만 해도 조선의 강원도 땅에 속해 있었지만 한국전쟁이 일어난 뒤부터 북조선 인민공화국의 영토로 바뀌고 말았다. 따라서 한반도의 남쪽과 북쪽 사이에 가로 놓인 휴전선 때문에 양쪽의 무장하지 않은 시민들은 육십 년 동안 가까이 다가설 수도 없었던 금단의 땅이었다.

누구나 잘 알다시피 금강산은 우리 한반도에 있지만 세계적으로 알려진 명산이다. 얼마나 산이 아름다웠던지 중원의 송나라 때 살았다는 소동파라는 이름 있는 시인은 "고려 땅에 태어나서 금강산을 한번 구경하는 것이 평생의 소원"이라는 애절한 시를 남기기도 했을 정도였으니까.

그렇지만 조선 반도는 일본의 식민지에서 풀려난 뒤 제이차세계대전을 일으켰던 일본으로부터 패전의 항복을 받아낸 강대국인 미국과 소련에 의해서 강제로 점령되었고 남쪽과 북쪽으로 두 동강이 나면서 우리 겨레들의 오고 가는 길이 자연히 끊어질 수밖에 없었다. 이 때문에 천구백오십년에 일어나서 삼 년 동안 이어졌던 한국전쟁 기간 중에도 무장한 군인들만이 진격하고 후퇴했을 뿐 남쪽과 북쪽의 보통 시민들이 자연스럽게 너나들이를 못 한 채 떨어져 살아온 세월은 무려 반세기를 넘어섰었다.

이 금강산 관광은 김대중 정부 때부터 문이 열려서 십여 년 동안 계속되고 있었지만 세상에는 〈금강산 관광〉이 언제 중단될지 모른다는 소문이 파다하게 퍼져 있었다. 민족적 차원에서 금강산 관광은 남북 겨레들의 숨통을 트는 과업이었지만 남한 땅의 집권 세력이 바뀌면 남북한 정부의 이념대립은 과거로 돌아가고 마는 것이다. 그런데도 금강산 관광이 중단될지 모른다는 풍문은 왜 자꾸 세상에 떠도는 것일까?

우리 부부는 금강산 관광사업이 새로 들어선 정부에 의해서 곧 중단될지도 모른다는 불안한 마음을 애써 달래면서 금강산을 향해서 서울을 떠나는 관광버스에 오르게 되었다. 천하 명산이라는 금강산 구경을 어떻게 우리 부부만 할 수 있겠는가, 이 금강산 관광에는 경기도 부천에 살고 있는 누님 부부와 충청북도 청주에 살고 있는 아우 부부 등 삼 남매의 여섯 사람이 동행으로 함께 하게 되었다.

이날 우리 부부는 서울에서 떠나는 현대아산 관광버스를 타기 위해서 이른 새벽 양평에서 서울로 올라갔다. 양평 땅은 관광버스가 금강산으로 가는 길 중간에 있었지만 중도에서는 관광객이 탈 수 없기 때문이었다. 그날 느지막이 서울을 떠난 관광버스는 오후 한 시가 넘어

강원도 고성에 있는 화진포 휴게소에 닿았고 곧바로 여행사가 마련한 구내 음식점에서 점심 요기를 한 뒤 금강산 관광특구를 오고 간다는 전용 버스로 갈아타고 남쪽 출입관리소에 들어가서 북한 쪽으로 들어가는 이른바 출국수속을 하게 되었다.

막상 남쪽의 우리 땅을 벗어나 북쪽 땅인 〈조선민주주의인민공화국〉으로 들어간다고 생각하니까 마음이 설레기 시작했다. 버스가 남쪽 통문과 비무장지대를 거쳐서 십여 분을 달리자 그때부터 차창 밖으로 헐벗은 민둥산들이 눈앞에 다가왔다. 여기서부터가 바로 한반도의 북쪽, 즉 〈조선〉이라는 나라가 시작된다고 버스안내원이 알려준다.

이어서 버스가 머문 곳은 지명은 알 수 없었고 미군용 막사처럼 지은 가건물의 북한 쪽 입국관리소 마당이었다. 남쪽 여행객들이 몸에 지니고 온 가방을 꺼내 들고 두 줄로 서서 건물 안으로 들어갔다. 그곳에는 군복을 차려입은 인민군들이 국제공항의 입국심사대와 비슷한 곳에 앉아서 남쪽에서 들어온 남녀 여행객들의 목에 걸고 있는 현대아산에서 발행해준 관광증명서와 가방 속의 짐들을 일일이 검사하였다.

잠시 불안했었던 입국 심사가 끝나자 여행객들은 다시 타고 왔던 전용 버스에 올랐고 이십여 분을 쉬엄쉬엄 달린 끝에 〈장전〉이라는 항구에서 닿았다. 안내원의 말에 따르면 이 항구는 얼마 전까지도 북조선인민공화국 해군의 잠수정들이 정박하던 동해함대의 기지였다고 하였다. 하지만 남북한 정부의 합의로 금강산을 관광지로 개방하게 되면서 해군기지가 이곳에서 일백 킬로 북쪽으로 물러났다고 귀띔해 주었다.

그러니까 장전항은 천구백구십팔년 십일월 십구일 남쪽의 동해항을 떠나 북한으로 향한 금강산 첫 관광선인 〈현대금강호〉가 관광객 팔백스물여섯 사람을 태우고 들어와서 정박했던 첫 기항지였다. 이때 역사적인 금강호의 출항을 텔레비전으로 지켜본 미국의 클린턴 대통령은 김대중 당시 한국 대통령에게 "매우 신기하고도 아름다운 장면"이라고 감탄했다는 매스컴 보도를 본 기억이 떠올랐다.

물론 우리를 인솔한 관광안내원은 관광버스를 장전항 부두의 광장 한쪽에다 세우도록 하고는 여행객들을 잠시 쉬라고 하였다. 그렇지만 사람들이 관광버스에서 내려서 광장으로 우르르 몰려 나간 뒤 카메라를 꺼내 들고 눈앞에 바라보이는 물체들을 향해서 중구난방으로 셔터를 눌러대자 바다 쪽을 배경해서만 사진을 찍어야 한다고 조심스럽게 주의를 주었다.

바람이 없어서 그런지 항구 안의 물결은 호수처럼 잔잔했다. 그 바다 위에는 웅장한 모습의 〈해금강호텔〉이 두둥실 떠 있었다. 이 선박호텔은 금강산 관광이 처음으로 시작됐을 때 동해항에서 남쪽의 관광객들을 금강산으로 실어 날랐던 그 현대금강호 여객선이었다. 그 뒤 시간이 지나 금강산 관광이 서울에서 곧바로 육로로 이어지게 되면서 지금은 관광 여객선의 역할을 내려놓고 이 항구에 정박하면서 남쪽 관광객들이 예상 밖으로 많이 늘어날 때에만 긴급히 숙소로 활용하고 있다는 것이었다.

부두에서 한숨 돌린 우리는 다시 버스에 올라 온정리에 있는 금강산 호텔로 옮겨갔으며 우리 일행들은 이 호텔에서 이틀 동안을 묵게 된다는 설명을 듣게 되었다. 버스가 호텔 입구의 울창한 소나무 숲길로 들어서니 〈우리식대로 살아가자〉라고 쓴 붉은 글씨의 철골 아취가 나타나 섬뜩한 기분이 들었다. 또 여행객들이 내린 호텔 마당에는 북쪽 사람들이 최고지도자로 모시는 김일성 김정일 부자의 모습을 그린 웅장한 천연색 벽화가 세워져 있었다.

우리 부부는 이런 기이한 현상을 보고도 전혀 놀라지 않았다. 그들의 땅에 그들 방식대로 꾸며놓은 것을 잠시 구경하러 온 남쪽 여행객들 입장에서 이러쿵저러쿵 간섭할 일은 아니라고 생각되었기 때문이었다. 그러나 관광버스를 같이 타고 온 여행객들 가운데서 몇 사람은 알 수 없는 신음을 토해내는 사람도 있었고 알아들을 수 없이 무엇이라고 중얼대는 사람들도 있었다.

호텔 로비에서 잠시 서성이다가 잠을 자게 될 방이 정해지자 가져온 짐을 방안에 집어넣은 뒤 우리는 다시 마당에서 떠나는 전용 버스(관광특구에 들어온 여행객들은 움직일 때 누구나 이 차량만을 이용해야 되었다)를 타고 모든 관광 편의시설이 집중돼 있다는 너른 마당으로 내려갔다.

이곳에는 문화회관을 비롯하여 온정각 식당 한국관광공사가 직영하는 면세점 그리고 편의점 사진관 여러 가지 물건을 파는 매점 기념품점 관광안내센터 금강산병원 현대아산 금강산사업소 등 관광객들을 위한 편의시설들이 문을 열어놓고서 북쪽 금강산을 찾아온 남쪽의 여행객들에게 여러 가지 서비스를 제공하고 있었다.

북쪽에 입국한 첫날 첫 번째 저녁밥은 이곳 온정각 식당의 서관에서 모둠 한식으로 먹었다. 대부분의 음식 재료를 남쪽에서 실어 온 듯했는데 유독 채소만은 북한사람들이 재래식으로 기른 자연산 〈남새〉라는 설명이었다. 남달리 푸성귀를 즐겨 먹는 우리 부부는 주로 풍성하게 내놓은 남새들을 여러 접시나 담아다가 먹었다. 한 끼 밥값은 미국 돈으로 십 달러였다.

저녁밥을 먹고 다시 잠자리로 돌아온 시간은 저녁 일곱 시 반, 우리 삼 남매 가족들은 면세점에서 사 온 북쪽의 술을 마시며 담소를 나누다가 밤 아홉 시가 조금 넘어서자 일찍 잠자리에 들었다. 집을 떠나 꽤나 긴 시간 버스를 탔던 때문이기도 했지만 태어나서 처음으로 〈금단의 지역〉으로 알고 살아온 북조선 땅을 밟았다는 긴장감 때문에 정신과 육체적으로 피로가 몰려왔던 모양이다.

그날 밤 우리 부부는 비교적 평온하게 잠을 잤다. 우리가 잠자리를 마련한 〈금강산호텔〉은 몇백 년씩이나 자란 듯싶은 금강소나무 숲속에 자리 잡고 있었지만 언제쯤 지었는지 시설이 아주 현대적이고 정갈했다. 우리 부부는 아침 다섯 시에 일어나서 너른 마당으로 바람을 쐬러 나갔다. 새벽공기가 무척이나 맑았다. 이미 같은 숙소에서 함께 잠을 잔 남쪽에서 온 여행객들이 많이들 나와 마당을 서성이면서 신선한 소나무 숲속의 맑은 아침 공기를 마시고 있었다.

우리가 그 여행객들 틈에 서 있는 사이에 검정 통치마를 입고 흰 저고리 차림을 한 호텔 여성 종업원들이 대걸레를 들거나 양동이에다 물을 담아가지고 몰려와서 김일성 김정일 부자의 천연색 벽화와 그 주변을 말끔하게 청소하고 돌아가는 것이었다. 벽화가 깨끗하고 주변이 유난히 정갈한 것은 호텔 종사원들이 저렇게 청소를 자주 하기 때문이라는 생각이 들었다.

우리 부부는 아래층 현관 앞으로 걸어가 마치 기둥처럼 움직이지 않고 서 있는 두 사람의 경비원들에게 시나브로 말을 걸어봤다. 저고리 왼쪽 가슴에 김일성 배지를 달고 있었는데 우리보다 먼저 그들에게 다가간 어떤 남쪽 여행객이 가슴에 달고 있는 〈배지〉를 손으로 가리키며 어쩌고저쩌고 떠벌이니까 그 경비원들은 아주 못마땅한 표정을 지으면서 "이것은 배지가 아니라 휘장입니다"라고 호칭을 바로잡아 주었다.

아내가 그중 한 안내원에게 다가가 올해 나이가 어떻게 되었느냐고 물으니까 마흔두 살이라고 선뜻 대답을 했고, 부모님이 살아계시느냐니까 아버지는 돌아가시고 어머니만 살아계시다라고 말했다. 아예 묵묵부답이거나 대답을 망설일 줄 알았는데 얼굴에 빙그레 미소까지 띠면서 아주 자연스럽게 물음에 응답하였다. 아마도 이것은 금강산 관광특구가 열린 뒤에 이미 다녀간 남쪽 사람들과 많은 이야기를 나눠봤기 때문이라는 느낌이 들었다.

우리가 북쪽 땅에서 하룻밤을 묵으면서 짧은 시간에 살펴보고 만났던 몇 사람의 군인이나 식당 종업원, 호텔 종사원, 면세점직원 등은 남쪽 관광객들과 이야기를 나누면서도 거의가 얼굴에 웃음을 띠거나 밝은 표정을 짓지는 않았다. 그런 원인이 우리 남쪽 사람들이 지레짐작하고 있는 것처럼 곤궁한 생활에 지쳤기 때문인지, 아니면 자유롭게 살아가는 남한 사람들에 대한 막연한 적개심 같은 것 때문인지 그 속내는 올바로 헤아리기가 어려웠다.

다만 온정각 휴게소 안 한국관광공사 면세점에서 이야기를 나눴던 여성 판매원은 자기네 부모들이 살고 있는 집이 평양이며 판매원이 된 지는 이 년이나 되었고 여섯 달에 한 번씩 휴가를 얻어서 평양에 있는 가족들 곁을 다녀온다고 말했다. 그런데 이 여성의 경우에는 우리들과 이야기를 나누는데 전혀 주눅이 들거나 두려움을 느끼는 기색이 없었다. 그러니까 이 판매원은 남쪽에서 들어온 사람들과의 대화를 나름대로 즐기지 않았나 하는 생각마저 들 정도였었다.

이튿날 금강산호텔에서 내놓은 아침밥도 또한 모둠 한식이었다. 식당의 밥상에는 예상 밖으로 여러 가지 반찬들이 차려져 있었다. 물론 남쪽의 현대아산회사 쪽 사람들이 들어와서 호텔과 식당을 운영하기 때문인지 주식인 밥을 비롯하여 곁들여서 내놓은 여러 가지 반찬들이 우리의 입에도 그런대로 맞았다. 그러나 몇 가지의 푸성귀와 해산물은 북쪽에서 사들인 이 지역의 특산물 같았다.

조금 생소했던 반찬은 약간 구워서 내놓은 도루묵이었다. 언뜻 보기로는 말린 노가리와 같았는데 막상 먹어보니 도루묵이었다. 소금으로 간을 해서 말린 것으로 짭조름한 것이 입맛을 당겼다. 남쪽의 동해안 수산물시장에 나오는 생물 도루묵과 모양은 같았지만 조리하고 말리는 방법이 전혀 다른 탓일 것이었다. 나와 아내는 입맛에 맞아서 몇 마리씩을 가져다가 먹었다.

이밖에 밥반찬으로 도토리묵과 청포묵도 나왔었는데 남쪽의 재래시장에서 파는 것보다는 좀 묽은 쪽이었다. 모든 건건이의 간이 대체로 남쪽에 비해서는 조금 짠 듯했지만 아주 몇십 년 전 그러니까 우리 남한 사람들이 가난하게 살던 시절에 먹어보았던 그런 그윽하고 소박한 맛이 풍겨서 충청북도 시골 태생의 우리 부부 입맛에는 그런대로 잘 맞았다.

아침밥을 먹고 우리는 버스를 타고 온정각 마당으로 내려가서 얼마쯤을 기다리다가 구룡연을 향해서 첫 금강산 관광을 떠났다. 금강산 구경의 시작이었다. 그런데 이곳에서의 생소한 점은 같은 방향의 관광버스들이 여러 대나 대열을 지어서 함께 움직이는 것이었다. 아마도 금강산 관광지 주변 이곳저곳에 주둔하고 있는 군인부대를 지나가기 때문인 듯싶었다. 우리가 탄 버스들이 지나갈 때는 갈림길의 경비초소에 있는 인민군 경비병들이 총을 든 채 부동자세를 취하고 서 있었다.

구룡연 코스의 끝자락은 상팔담이었다. 그곳 끝까지 갔다가 돌아오려면 거의 세 시간을 넘게 걸어야 한다는 안내원의 설명이었다. 우리 부부는 험한 산길을 걷기가 두려워서 중간에 있는 수림대 양지대 삼록수를 거쳐서 금강문까지만 올라갔다가 한참을 머문 뒤 발길을 돌려 다른 여행객들과 헤어져서 갔던 길을 되짚어 내려왔다. 다리에 힘이 빠져서 그런지 걷기가 어려워 산에 오르는 것을 포기한 것이다.

때문에 점심밥은 구룡연 코스의 들머리에 있는 북쪽 사람들이 직영한다는 〈목란관〉 식당에 들어가서 먹었다. 버스 안내원들은 북쪽의 정통 냉면을 만들어 낸다는 평양의 목련관과 같은 수준의 냉면집이라고 자랑하였다. 우리 일행이 밥상에 앉자마자 작은 탕기에 담은 무김치가 한 사람에 앞에 한 그릇씩 나오더니 다음에는 만두가 한 사람 앞에 두 개씩이 나왔다. 고기가 들어간 만두였고 맛이 그런대로 먹을 만했다. 마지막으로 나온 냉면은 흰 색깔의 면발에다 짙은 고동색의 육수를 곁들인 것이었는데 닭고기와 돼지고기 수육도 몇 점씩이 꾸미로 들어있었는데 맛이 또한 신선했다. 값은 역시 한 그릇에 십 달러를 받았다.

두류산 양단수를 예듣고 이제 보니

도화 뜬 맑은 물에 산영조차 잠겼어라
아희야 무릉이 어디뇨 나는 옌가 하노라

—선조 때재야선비 조식—

점심을 먹은 뒤 버스를 타고 온정각 휴게소에 내려와 잠시 동안 쉬다가 이번에는 삼일포 구경에 나섰다. 이 코스도 또한 여남은 대의 관광버스가 함께 무리로 운행했다. 버스가 주차장을 떠나 십여 분 정도 달리더니 길가에 있는 어떤 을씨년스런 주차장으로 들어가서 우리 일행들을 내리게 했다. 해금강 삼일포 연화대 봉래대를 돌아오는, 가고 오고 세 시간의 여행이 시작된다는 것이었다.

빗방울이 간간이 떨어지는 궂은 날씨인데도 여행객들은 소나무 수풀 속으로 뚫린 시멘트 포장도로를 씩씩하게 잘도 걸었다. 이 삼일포 쪽도 수목이 울창하기 때문에 관광특구로 편입이 된 것 같았다. 다른 곳의 헐벗은 산과는 달리 수령이 몇백 년씩이나 된 듯싶은 껍질이 붉은 소나무들이 꽤나 빽빽하게 숲을 이루면서 자라고 있었다.

그 소나무 숲속으로 좁은 산길이 트여 있었는데 등성이를 올라갔다가는 다시 돌아서 내려오기를 몇 번이나 거듭한 끝에 말로만 듣던 삼일포 전망대에 다다랐다. 회랑에 올라가서 바다 쪽을 바라보니 이 곳 또한 바다가 호수처럼 잔잔하였다. 조선왕조시대에는 여름철마다 삼천리 금수강산 곳곳에서 몰려온 시인 묵객들이 관동팔경의 하나인 이 〈삼일포〉에서 아름다운 풍월을 읊었다고 전하고 있었는데 과연 그럴 듯싶었다.

돌아오는 길에는 아슬아슬한 출렁다리를 건넌 뒤 얕은 암벽을 기어 올라가 정자 안에서 쉬면서 바다 쪽 절경을 바라보았다. 이 정자에는 북쪽의 여성 안내원 한 사람이 나와 있었다. 여행객들이 바뀔 때마다 낭랑한 목소리로 경승지의 유래와 일화를 설명해 준다는 것이었다. 우리 일행 가운데 한 사람이 짓궂게도 달러 몇 쪽을 쥐여 주면서 북쪽의 유행가를 불러 달라고 요구하니까 마지못해서 부르는 시늉은 했었지만 노랫말이나 부르는 실력은 수준에 이르지 못하는 것 같았다.

걷는 길 중간중간에는 남쪽의 포장마차 비슷한 〈이동 매대〉라고 부르는 물건판매소가 있었다. 평양소주와 막걸리 그리고 나무 꼬치에 꿴 살코기와 어물인 도루묵을 숯불에 구워 팔았다. 모든 여행객들이 잘들 사 먹었다. 우리 일행도 사이다를 섞은 듯싶은 막걸리 한 병과 소주 한 병을 사서 도루묵 한 석쇠(열댓 마리의 도루묵을 석쇠에 담아 숯불로 구워서 팔았다)를 안주 삼아서 마셨다. 값은 막걸리와 소주가 삼 달러, 도루묵이 팔 달러였다.

주차장으로 나와서 다시 온정각 광장으로 돌아가는 관광버스에 올랐다. 그런데 아쉬운 것은 달리는 차창 밖으로 눈에 들어오는 들판 끝의 모든 산들이 온통 벌거숭이고 너른 들녘은 절반 가까이가 묵밭이나 다름없이 버려져 있었다. 그리고 한쪽의 집단농장으로 보이는 넓은 경작지에서는 수십 명의 일꾼들이 어울려서 두레로 일을 하고 있었지만 일하는 모습을 언뜻 살펴볼 때 북한식 〈공동작업〉의 비능률성이 두드러지게 나타나 보였다.

사회주의 국가인 북쪽은 농업 부문에서도 아직 개혁개방을 하지 않고 있는 것 같았다. 자세히는 모를 일이지만 가까이에 있는 중화인민공화국처럼 개인에게 농지를 임대해 준다면 지금보다는 단위 면적당

수확량을 더 높일 수가 있을 것인데 말이다. 남쪽 사람이 남의 나라인 북쪽의 나라 살림에 감나라 배나라 간섭하는 것 같아서 말할 일은 아니었지만 아무튼 보기에는 참으로 안타까웠던 것이다.

또 우리들이 타고 있는 관광버스가 지나가는 도로와 잇닿은 밭뙈기들도 온통 풀밭이었다. 이른 봄에 씨앗을 뿌렸더라면 지금쯤 곡식들이 무성하게 자랄 무렵인데 한쪽은 아예 쟁기질도 안 한 풀밭 같아 보였고 한 번쯤 갈아엎은 것으로 보이는 다른 밭뙈기들도 작물들이 자라지 않아서 그런지 다시 묵밭으로 돌아가고 있었다. 북쪽 사회의 식량부족 사태가 금비인 화학비료가 모자라거나 가뭄과 물난리가 겹치는 자연재해의 탓도 있겠지만 이런 공동농장이라는 사회주의 경영방식을 아직까지 고집하고 있기 때문이 아닌가 싶은 마음이 들어서 남의 일 같지 않게 영 언짢았다.

삼일포 구경을 마치고 온정각 휴게소로 돌아온 시각은 오후 네 시가까워서였다. 잠시 너른 마당에 주저앉아서 마음껏 심호흡을 하고 뻐근한 다리를 주무르면서 여기저기 주변의 경치를 돌아보다가 오후 네 시 반이 되자 우리 일행들은 안내원을 따라서 마당 옆에 있는 문화회관으로 들어갔다. 북쪽이 크게 자랑삼는 〈금강산교예단〉의 말광대 관람이 예정돼 있었던 것이다.

관객들의 입장이 끝나자 교예 공연은 곧바로 시작됐다. 몇 해 전 티브이를 통해서는 얼핏 봤었지만 극장 안에서 직접 보게 되는 것은 처음이었다. 한 시간 반쯤 이어진 교예는 연희하는 목록 자체가 다양하고 신선했으며 무대에 나와서 재주를 펼치는 예인들의 동작 또한 놀라웠다. 일사불란하게 움직이는 모습들이 사람이 아니라 기계 같았다면 지나친 표현일까.

신출귀몰의 연기가 발산될 때마다 여행객들로부터 우레와 같은 박수가 터져 나왔다. 아내와 나도 계속 박수를 쳤더니 손바닥이 아팠다. 명불허전이라더니 과연 들어오던 명성과 다름이 없었다. 북쪽 정부가 세계무대에 내놓고 자랑할 만한 교예라는 생각이 들 만큼 신들린 것 같은 연기들이 놀라웠다. 그들은 신의 창조물이면서도 신을 능가하는 재주들을 펼치고 있었다.

교예단의 공연을 보고 나오니 이미 오후 여섯 시가 넘었다. 곧바로 저녁밥을 먹기 위해서 음식점으로 가는 버스에 올랐다. 오늘 저녁밥을 먹는 곳은 오늘 아침에 예약을 했다는 금강원 식당이었다. 이 음식점은 북쪽의 인민들이 직접 운영한다는 곳이었다. 버스에서 내려서 주변을 자세히 둘러보니 글쎄 이 금강원 음식점은 우리가 머물고 있는 금강산호텔 바로 옆에 있었다. 그러니까 우리가 머무는 잠자리 가까운 곳에 있는 음식점이었지만 우리는 전혀 몰랐던 것이다.

버스에서 내린 뒤 우리가 추적추적 내리는 비를 맞으며 음식점 안으로 들어가자 문 앞에서 기다리고 있던 아름다운 북쪽 여성 안내원들이 방으로 안내했다. 방 안에 들어가니 음식 냄새와 고기를 굽는 화덕의 불기운이 방 안으로 들어와서 좀 후텁텁했다. 오늘 저녁에 먹게 되는 음식 맛은 어떨까 하는 생각이 들었다. 이왕이면 저녁에도 순수한 북쪽의 음식을 먹어봤으면 좋겠다는 호기심이 생기기도 했다.

미리 주문했다는 음식은 흑돼지불고기였다. 그런데 차려진 밥상 위의 건건이들이 몇 가지도 되지 않았고 탐탁하지도 않았다. 묵은김치 한 보시기, 고비와 더덕을 섞은 남새 한 접시, 작은 접시에 담은 소금

약간, 그리고 절이지 않은 날배추 한 접시에 그 배추를 찍어 먹을 새까만 빛깔의 된장, 조그마한 접시에 담겨진 이 된장을 찍어서 맛을 보니 남쪽의 강원도 지방에서도 담가 먹는 〈막장〉과 얼추 비슷하지 않은가 하는 생각이 들었다.

그런데 우리가 밥상머리에 앉자마자 구운 가자미를 한 사람에 한 마리씩 접시에 담아서 돌렸다. 우리들이 평소 동해안 수산물시장에서 사서 먹었던 흔하디흔한 그런 가자미였다. 그러나 냉면을 점심으로 먹고는 아무런 입맛을 다시지 않았던 빈속이라 그런지 허겁지겁 뼈를 발라서 먹어보니까 보기와는 달리 맛이 아주 구수했다. 강원도의 통천 앞바다에서 잡아 말린 북쪽 수산물이라는 북한 여성 안내원들의 설명이었다.

가자미를 먹고 나서 두 번째로 나온 음식은 만두였다. 점심때 온정각 음식점에서도 냉면을 먹기 전에 만두부터 내왔었는데 금강원에서도 마찬가지로 먼저 만두 두 개씩을 돌렸다. 먹어보니 또한 맛이 그런대로 좋았다. 꿩고기를 다져서 속을 넣었다는 만두였다. 그다음에는 북쪽에서 양조한다는 소주를 달래서 흑돼지 불고기를 안주로 구워서 먹었다.

술의 도수가 이십오도라는 소주도 우리 입에는 맞았고 비계가 아주 얇고 살이 쫄깃쫄깃한 흑돼지고기는 참으로 먹을 만했다. 육이오 한국전쟁 이후 몇십 년 만에 먹어보는 비계가 적은 질박한 시골 돼지고기가 아닌가 싶었다. 선입견인지 모르지만 옛날 우리 농촌의 여염집에서 나오는 쌀뜨물이나 당겨 또는 음식물 찌꺼기 같은 것들을 먹여서 기른 그야말로 순박한 토종돼지고기 맛 같았다.

고기를 다 구워 먹고 나니까 마지막으로 냉면이 나왔다. 이번에는 면발이 아주 새까맸다. 메밀가루와 칡가루를 섞었는지 국수 면발의 빛깔도 검붉었고 가락도 쫄깃쫄깃하여 먹을 만했지만 무슨 양념을 넣어서 국물을 만들었는지 육수 또한 일미였다. 될 수 있으면 화학적으로 만든 조미료를 쓰지 않는다는 북한 지방 음식의 진짜 그윽한 맛을 오랜만에 느낄 수가 있었다.

저녁밥을 푸짐하게 먹고 숙소로 돌아오니 이미 여덟 시가 넘어있었다. 저녁밥을 먹으면서 소주를 몇 잔 들이켰더니 취기가 얼얼했다. 철벽처럼 막혀있던 북쪽 땅에 와서 입에 맞는 음식을 먹으면서 술마저 한잔 곁들이니까 감회가 새로웠다. 갈라진 이 북쪽 땅이 얼마 동안이나 이념의 장벽으로 꽉 막혀있었던가? 그렇게 오랫동안 한반도 땅에 닫아걸어졌던 무지막지한 이데올로기의 대문을 누가 나서서 열어젖히도록 만들었던가? 바로 남쪽의 재벌이자 현대그룹의 총수였던 장사꾼 정주영이었다.

전쟁이란 외골수 정치지도자들의 탐욕 때문에 저질러지는 것이라고 대체로 세상 사람들은 말한다. 전쟁이 일어나면 숫자를 헤아릴 수 없을 만큼의 가난하고 불쌍한 서민들이 죽고 병신이 되고 엄청난 재화가 파괴되고 불타버린다. 뿐만 아니라 멀쩡히 오고 가던 길과 산이 막히고 강물이 막혀서 살아오던 사람들은 절름발이 신세가 되었는데도 기득권 세력과 정치꾼들은 강대국이 벌이는 이념의 노예가 되어서 그 장벽을 허물 생각을 전혀 못 하거나 안 한 채 자기 낭탁만 차리고 살아왔던 것이다.

정치인들은 입만 열면 백성을 위하고 겨레를 위한다고 떠벌이지만 실상은 막히고 닫힌 것을 뚫을 생각을 하지 않는 것이다. 권력과 돈을 거머쥔 그들은 남들보다 많이 배워서 지식인이기 때문에 자가당착에 빠져서 기초적인 산수밖에 안 하는 것이다. 그게 아니라면 한반도의 반쪽짜리 남쪽과 북쪽의 땅에 생긴 정부에서나마 자기 세력들이 영원토록 잘 먹고 잘살기 위해서 겨레들의 너나들이를 의도적으로 기피하고 멀리했는지도 모를 일은 아니던가.

그렇게 반세기가 넘게 닫혀있던 남북 사이의 문이 초등학교밖에 못 다녔다는 절세의 기업인 정주영에 의해서 과감하게 열렸던 것이다. 그는 북쪽 정부와 너나들이를 하면서 처음부터 아예 〈주판알〉을 튕기지 않았던 것으로 보인다. 알뜰하게 계산하지 말고 서로가 필요한 것만 주고받자고 제안했을지도 모른다. 그는 남쪽 사람들의 희망은 "같은 나라의 땅이었던 북쪽을 여행하는 것"뿐이라고 말했을 것이고, 북쪽에서는 "굶주리는 백성들을 먹여 살리는 것이 우선 필요하다"고 응수했을 것이다. 그러니까 순박하게 보이면서도 뛰어난 장사꾼이었던 정주영은 먼저 서로 필요한 것을 주고받자는 상거래 차원에서 금강산 여행을 성사시켰을 것이 틀림없을 것이다.

겨레들의 교류를 희망하는 남쪽에서 처음부터 계산하고 달려들었다면 흥정은 시작되기도 전에 깨졌을 것이다. 모르긴 몰라도 정주영이란 사람은 자기 힘으로 동원할 수 있는 경제력의 범위 안에서 전혀 계산하지 않고 퍼주었을 것이다. 기득권과 친미 친일 보수 세력들의 주장대로 건설업을 비롯하여 여러 가지 사업을 벌여서 많은 돈을 벌었던 그는 자기의 돈을 자기의 맘대로 북쪽에다 던져주고 협상을 했을 것이 미상불 분명하다.

천구백팔십구년 일월, 한반도의 북쪽 땅을 찾아간 정주영 회장은 김정일 국방위원장을 만나서 남한사람들의 〈금강산 관광〉을 사업 차원에서 합의서를 맺었으며 그로부터 아홉 해가 지나간 구십팔년 십일월에는 동해 북방한계선을 넘어 금강산으로 가는 관광 여객선을 역사적으로 띄웠던 것이다. 또 이천년 팔월에는 향후 〈오십 년〉 동안 현대아산회사가 북쪽의 관광 사업을 독점한다는 상호합의서까지 체결하였다. 그 대가로 현대그룹 정주영 회장이 공식적으로 북한 정부 당국에 건넨 합의금은 모두 〈사억오천만 달러〉라고 세상에 알려졌었던 것이다.

그의 노력으로 그동안 일백 구십여 만 명의 남쪽 관광객들이 꿈에 그리던 금강산을 구경하였고 그 덕으로 우리 삼남매의 부부도 북한 땅을 밟았던 것이다. 잘나고 많이 배우고 돈 많고 계산 잘하고 외국어에 능통한 머리 좋은 정치인들과 고관대작들에게 남북 겨레들의 〈통일대업〉과 〈남북대화〉가 맡겨졌었던 그 길고 긴 오십여 년 동안에 휴전선을 가로막았던 무거운 이념의 대문은 절대로 열리지 않았었다. 그것은 우리가 두 눈으로 목격하고 겪었던 역사적인 실상이 아니었던가.

그 수십 년 동안 남북 최고지도자의 특사를 비롯하여 적십자회담 대표, 그것을 보도한다는 언론인 등 여러 가지 형식을 내걸고 남쪽과 북쪽의 한다 하는 사람들이 평양과 서울을 수십 번이나 오고 갔었다. 그들은 만날 때마다 서민들의 눈을 속이는 〈남북교류〉라는 그럴싸한 명제를 내걸고 정치적 깜짝쇼를 여러 차례나 벌이지 않았던가? 그렇지만 굳게 닫힌 문을 열고 민족의 교류와 겨레들의 여행을 실현하자는 문제에는 남북의 정치꾼들 그 누구도 전혀 접근하지 못했던 것이다. 모르긴 몰라도 머리가 너무도 영특한 지식인들이었기 때문에 국가와 민족보다는 서로 자기 쪽에 유리한 주판알만을 튕겼기 때문이었을 것이다.

그런 여러 가지로 미뤄 볼 때 정주영이란 사람은 참으로 탁월한 인물이 아닐 수 없다. 먼저는 남쪽과 북쪽의 수천만 이산가족들을 위해서, 다음에는 힘없고 나약한 한민족 겨레들의 왕래와 평화적인 너나들이를 위해서 그는 크게 공헌하고 이바지한 역사적인 인물이었다. 세습왕조나 다름없고 편벽됐다고 알려진 북쪽 정권의 실권자를 설득하여 금강산을 일차로, 개성을 이차로 열어서 금단의 땅으로 굳어져 있었던 금강산과 북한 땅 이곳저곳을 여행하도록 만들었으니까 말이다.

그러나 금강산으로 단체관광을 떠나갔었던 여성 관광객 한 사람이 금지구역에 접근했다가 북한 경비초소에서 발사된 총알을 맞고 사망한 것을 까탈 삼아서 남쪽 정부와 북쪽 정부가 한동안 실랑이를 벌인 끝에 이명박 정부가 중단시켜버린 이천팔년 칠월 십이일까지 초등학생부터 구순 노인에 이르기까지 희망하는 남녀 시민이면 누구나 관광요금을 내고 우리의 땅이었던 북한의 금강산을 마음대로 구경할 수 있었던 것이다.

그가 터놓은 남북 사이의 너나들이로 인해서 남북정상회담이 두 번씩이나 열리게 되었고 십 년이라는, 짧다면 짧고 길다면 긴 세월 동안 남북의 겨레들이 전쟁의 공포와 긴장이 사라진 세상을 살 수가 있었다. 그는 이십일 세기 남쪽에 살고 있는 사람 가운데서 가장 으뜸가는 기업인이고 위대한 한국인이라 불릴 만하다고 나는 생각한다.

북쪽에서의 두 번째 밤을 보냈다. 또 아침 산책을 나갔다. 약하게 내리던 간밤의 비가 맑게 개이고 햇살이 눈부시게 창문을 비췄다. 금강산에서 맞은 두 번째의 아침이었다. 또한 맑은 새벽 공기를 머금으니 몸과 마음이 행복했다. 더 필요 없었다. 무엇이 더 있어야 하는가? 겨레들이 이렇게 오고 가기만 하면 되는 것이다. 〈이념〉이 무슨 개 뜯어먹는 소리란 말인가, 〈사상〉이 뭐 말라비틀어진 수작이란 말인가? 삼천리 강토가 꼭 통일돼야만 하는 것도 아닐 것이나. 남쪽과 북쪽이 서로 침략하지 않고 나름대로 살아가면 어떨까? 같은 겨레의 시민들이 십여 년 동안 오고 가고 했듯이 그렇게 살아가면 되는 것 아니던가?

여섯 시 반이 넘어 이층에 있는 호텔음식점으로 내려갔다. 이미 많은 여행객들이 아침밥을 먹으려고 줄을 서서 기다리고 있었다. 차림은 어제와 마찬가지로 모둠 한식, 똑같은 음식이지만 차려진 모습이 어제보다는 좀 썰렁해 보인다. 우리가 떠나가는 날이니까 스스로 그렇게 느껴졌는지도 모른다. 이럭저럭 한 술 떠먹고 호텔 마당으로 내려갔다. 오늘은 짐을 챙겨 들고 버스를 타라는 전갈이다. 오전 중에 만물상 등산코스를 돌아보고 점심밥을 먹으면 곧바로 남쪽으로, 그렇지 우리의 집이 있는 양평으로 돌아가는 것이다.

어제와 같이 온정각 휴게소에서 모여 있던 관광버스가 여행객들을 태워 만물상을 향한 시각은 여덟 시 십오 분. 우리 부부는 높은 곳까지는 올라가지 않았다. 어쨌든 금강산을 두 눈으로 봤고 금강산의 품에 안겨봤으니 그것으로 됐다는 생각이었다. 세계적인 어떤 경승이라도 어차피 구석구석을 한 번에 모두 구경할 수는 없는 일 아니던가. 더구나 칠십객인 우리가 집착하거나 만용을 부릴 이유가 전혀 없는 것이다.

버스를 내려 숨을 헐떡이면서 약 이십여 분 산길을 오르니 〈만상정〉이 나타났다. 여기서 잠시 쉬면서 신록에 무르익은 봉래산이라 불리는 금강산의 아름다운 자태에 몸을 안겨본다. 만물상으로 올라가는 이십여 리의 시멘트 포장도로 주변은 온통 붉은 소나무 또는 금강송이라 불리는 아름드리 소나무들이 군락을 이루고 있었다. 모두가 언 듯 보아도 일이백 년 이상은 자랐을 듯싶은 거목들이다. 곁가지도 별로 없이 하늘을 향해서 쭉쭉 뻗어 올라가면서 매끈하게 자라난 소나무들을 바라보자니 왠지 모르게 가슴이 뿌듯하고 상쾌했다. 외국 사람들은 북쪽의 모든 산들이 헐벗었다고 말하지만 이곳만이라도 이렇듯 울창하게 숲을 이루었으니 기분이 참으로 상쾌했다.

일백몇 구비라고 불리는 구절 양장의 산행도로를 다시 되짚어서 〈온정각〉 휴게소로 내려오니 한낮이 다 되었다. 우리 일행은 에둘러 동관의 광개토식당에 들어가 버섯 매운탕을 시켜서 이른 점심밥을 먹었다. 남쪽 사람들이 들어와서 영업을 한다는 음식점인데 음식 맛과 종업원들의 손님 대하는 태도가 아예 영점이었다. 밥값은 북쪽과 똑같이 십 달러씩을 받으면서 왜 이렇게 장사를 하는지 아무리 생각해도 남쪽 사람들의 행위 보따리가 얄밉기만 하다.

오후 한 시 반, 역시 같은 날 북쪽으로 들어왔던 이박 삼일 코스의 여행객들 수백여 명이 함께 짐을 싸들고 관광버스에 올랐다. 온정각 휴게소를 출발한 버스는 이내 북한출입관리소에 도착했고 대충 짐 검사를 받은 뒤 다시 버스를 타고 곧바로 북쪽 땅을 떠났다. 가슴을 옥죄었던 무엇이 풀린듯하면서도 한편으로는 뭔가 허전하고 자꾸 아쉬웠다.

전용 버스가 비무장지대를 지나고 남쪽 통문을 거쳐 고성출입관리소에 정차했다. 우리는 다시 대한민국 정부가 운영한다는 곳에서 북쪽의 금강산을 구경하고 온 간단한 입국 수속을 마치고 큰 마당으로 나섰다. 긴 심호흡을 한다. 아! 자유와 평화의 냄새가 물씬 풍겨온다. 금단의 땅이었던 금강산을 짧고도 길었던 이박 삼일 동안 여행한 상념은 내 생애에서 꽤나 오래도록 남을 듯하다.

언문 이야기

요즘 우리들이 아침저녁으로 쓰고 있는 우리글과 말들을 되짚어 살펴보면 참으로 행복하다는 생각을 지울 수가 없다. 그것은 세종임금이 〈훈민정음〉이라는 한글을 만들어 내지 않았다면 지금 이 땅에 살고 있는 가진 것이 별로 없는 서민들이 어떻게 자신이 마음으로 품고 있는 생각들을 남들에게 올바르게 알리면서 제구실을 하고 살아갈 수가 있었을까 라는 생각을 떨쳐버릴 수가 없기 때문이다.

사람은 날마다 우주를 감싸며 돌고 있는 맑은 공기를 마시고 숨을 쉬어야만 목숨을 이어갈 수가 있다. 따라서 나는 우리 겨레들에게 한글이란 공기와 같다고 생각하고 있다. 사람의 목숨을 이어가게 하는 공기와 같다고 말하는 것이 좀 지나치기는 하지만 다시 곰곰 생각해보면 〈한글〉은 스스로의 생각을 남들에게 알릴 수 있을 뿐 아니라 또 자신의 일상을 적어놓을 수 있는 보배로운 글자이기 때문에 그렇게 여길 수도 있을 것이다.

이 땅에 사람들은 누구나 어머니 뱃속에서 나오면서부터 어머니 나라의 말을 배우기 시작하고 학령기가 되면 한글을 배우게 된다. 글자와 글이란 사람들이 배워야만 써먹는 것이지만 말은 공부를 못하고도 살아가자면 쓰지 않을 수 없는 사람 사이의 이음새이다. 따라서 글과 말이 똑같다고 여겨지기도 하지만 다시 생각해볼 때 전혀 다르게 여겨지는 것도 바로 이 때문일 것이다.

이 한글이 만들어져 나오기 전에 우리가 살아가는 세상은 어떤 모습이었을까? 그러니까 우리가 사는 세상을 이끌어 가넌 높은 지위를 가진 사람들, 그러니까 조정에서 일하는 벼슬아치와 그리고 한문을 배웠던 선비들과 돈을 가진 부자들만 〈글자〉를 썼을 것이다. 그러니까 이 사람들이 써오던 글은 우리 겨레가 오랫동안 큰 나라로 섬기고 모셔오던 중원 땅에 살아온 사람들이 쓰던 한문이라는 것이었다. 그것을 〈참된 글〉이라고 부르면서 이 나라에 살아가던 겨레들의 글로 써왔었다. 따라서 그 한문을 배울 수 없는 밑바닥 더부살이들이 써야 할 글이나 글자는 따로 없었다.

깊이 살펴보자. 지금 우리 누구나가 쓰고 있는 〈한글〉은 서기 천사백사십육년, 음력 구월 이십팔일 조선왕조의 네 번째 임금이던 세종이 집현전 학사들과 더불어 십여 년 동안 머리를 조아려 만들어서 세상에 널리 편 〈훈민정음〉이란 글자가 그 바탕이다. 조선왕조를 세웠던 태조 이성계의 아들인 이방원의 아들로 태어난 세종임금의 이름은 외자 이름을 써서 이 도 (복도 자를 쓴다)라 하였으며 천삼백구십칠년 사월 초열흘날 왕조의 도읍지이던 한양의 준수 방에서 태어나 스물두 살 먹던 해에 조선왕조의 네 번째 임금이 되었다.

이 세종임금이 만든 한글은 자음 열네 개와 모음 열 개 등 모두 스물네 개의 자모만 알면 글자의 모양뿐 아니라 소리까지도 한꺼번에 머릿속에다 집어넣어 외울 수가 있다. 한문처럼 글자마다 다르게 만든 발음기호가 있지 않고 자음과 모음만으로 만들어진 글자에 이미 발음이 곁들여져 있어서 중국말처럼 글자마다 발음기호를 따로 외우지 않아도 되는 것이다.

지금 세계 칠십억이 넘는 인구들이 쓰고 있는 말은 모두 칠천 가지가 넘는다고 하지만 이 가운데서 글자로 쓸 수 있는 언어는 삼백여 개뿐이라고 한다. 그러나 지구촌에서 살아가는 사람들에게 널리 쓰이고 있는 글자는 우리 한글을 섞어서 스물여덟 개뿐이라고 한다. 겨우 사백여 년 전에 만들어졌던 우리 한글이 세계인들 속에서 널리 쓰이고 있다는 것은 수많은 글자 가운데서 사람들이 가장 배우기 쉽도록 과학의 원리로 만들어졌기 때문이라는 것에 고개가 숙여지는 것이다.

앞에서도 말했지만 훈민정음이라는 이름으로 세상에 나온 한글이 이렇게 뛰어나고 좋음에도 정작 한글을 쓰고 있는 우리 겨레들은 우리글의 위대함을 제대로 느끼지 못하고 살아가고 있는 것 같다. 왜 그런가 하면 한글이 어머니 나라의 말이고 글이기 때문이기도 하지만 또 달리 생각해 보면 다른 나라의 어려운 말들을 배울 때처럼 까다롭게 문법을 공부하지 않아도 배우고 쓰는데 아무런 어려움을 느끼지 못하기 때문이 아닌가 싶은 엉뚱한 생각도 드는 것이다.

〈유엔〉 밑의 문화예술기구인 유네스코가 해마다 세계 여러 나라 가운데서 자기 나라의 시민들에게 글을 깨우치게 한 공로를 인정하여 주는 이른바 〈문맹퇴치상〉이란 것이 있다고 한다. 이 상은 대한민국 정부가 한글을 만든 세종임금의 뜻을 기리기 위해서 운영기금을 내놓아서 천구백구십년부터 주기 시작 한 것이다. 그동안 이 상을 받았던 나라들은 지구촌에서 아주 가난하거나 미쳐 개발되지 못했거나 또는 개발이 더딘 나라들인 아프리카나 동서남아시아 남아메리카 그리고 중앙아메리카에 있는 나라들이었다.

한글을 쓰면서 깊이 느끼게 되는 것은 영어를 비롯한 외국어들은 문법을 잘못 인용하거나 어순이 뒤바뀌면 전혀 다른 뜻이 되지만 우리 한글은 문법 체계가 조금 흐트러지더라도 뜻을 가려낼 수 있는 남다른 장점이 있다는 사실이다. 한글도 엄연히 일정한 규칙에 따르도록 하는 나름대로의 문법이 있는 것은 틀림없지만 사람들이 애를 태우면서까지 배우지 않아도 잘 쓸 수 있기 때문에 그런 생각을 하게 되는 것이다.

왜 한글은 배우고 쓰기가 쉬울까? 먼저 우리 한글은 간단한 조합으로 이뤄졌으므로 자음과 모음을 모은 모두 스물네 글자만 배우면 어느 나라의 누구라도 익힐 수 있기 때문이다. 이 스물네 글자 곧 하늘 (0) 땅 (ㅡ) 사람 (1)을 글자 바탕의 뼈대로 삼고 소리 내는 사람 입의 생김새를 이것에 맞춰서 만들었다고 하므로 그야말로 과학적인 바탕으로 만든 글자라는 말을 하지 않을 수 없는 것이다.

우리 한글은 소리글자이다. 그러나 우리가 오랫동안 큰 나라로 섬기고 살아온 중화인민공화국 사람들이 쓰는 중국어는 뜻글자이다. 뜻글자는 뜻은 있되 소리가 없고 소리글자는 소리는 있되 뜻이 없다는 것이다. 쉽사리 받아들여지지 않는 말이다. 그러나 이를 풀어보면 뜻글자인 중국어는 소리를 만들어 줘야 비로소 글자 구실을 하는 것이고 소리글자인 한글은 뜻을 붙여 줘야만 글자 구실을 하게 된다는 말일 것이다.

중국어는 우리 한글과 달리 영어처럼 소리를 표시하는 기호가 따로 있다. 이름 하여 주음 부호라고 하는 발음기호인데 상형문자 같은 모양으로 만들어져 있다. 중국어의 소리를 알기 위해서는 성모 스물한 개 운모 스물네 개로 나뉜 이런 주음 부호를 모두 외워야 한다. 그러나 이 자모만 외운다고 중국어를 제대로 배울 수 있는 것은 아니다. 수천 글자나 되는 한자는 그 소리가 제각각 다른 성모와 운모의 조합으로 만들어져 있어서 글자마다 소리 기호를 따로따로 외워야 하기 때문이다.

우리 한글처럼 일정하게 자음과 모음의 조합만으로 소리가 되는 것과는 전혀 다른 규칙이다. 지금 이 주음 부호는 중국의 또 다른 소수민족이 살고 있는 타이완에서만 쓰고 넓고 넓은 중국 본토의 한족들은 천구백오십팔년에 만들어진 로마자를 이용한 성모 스물한 개 운모 서른여섯 개로 이뤄진 한어 병음을 발음기호로 쓰고 있는 것이다.

이것은 지구촌에서 십오억 이라는 가장 많은 인구를 가지고 살아가는 중화인민공화국이 가난했기 때문에 수억 명이나 되는 자기네 겨레들이 까막눈으로 살아올 수밖에 없었던 지난날의 부끄러운 문맹률을 물리치고 외국 사람들이 중국어를 쉽게 배울 수 있도록 정자체를 폐기하고 간체자를 쓰게 하면서 만들어낸 주음 부호 대신의 발음기호인 것이다.

주음 부호를 쓰든 한어 병음을 쓰든 뜻글자인 중국어는 글자의 소리를 알기 위해 글자마다 부여한 발음기호를 일일이 따로 배워야 한다. 여기에 네 개의 높낮이로 된 성조 까지 배워야 함으로 우리 한글에 비해서 발음체계 배우기가 매우 어렵다. 중국어의 발음체계 정리는 공산당에 의해서 중화인민공화국이 생겨나고 십 년이 지나간 천구백오십팔년에야 이뤄졌으니 그 역사가 참으로 짧다고 말할 수밖에 없다.

우리 한글은 이보다 몇백 년이나 앞선 천사백사십삼년에 〈훈민정음〉이란 이름으로 반포했었고 그 훈민정음인 한글을 보통 사람들이 쉽게 배우고 쓸 수 있도록 풀어쓴 〈해례본〉은 그 삼 년 뒤인 천사백사십육년에 예조판서이고 집현전 대제학이었던 정인지라는 한글학자의 이름으로 세상에 나왔으니 참으로 위대한 문자가 아닐 수 없다.

세종임금은 왕이 되어 십팔 년 동안 정치를 해온 뒤에 깊이 깨달은 바가 있어서 천사백삼십오년에 궁궐 안 한쪽에다 어진 선비들의 집이란 뜻의 〈집현전〉을 세우게 하고 정인지 신숙주 성삼문 최항 박팽년 강희안 이개 이선로를 비롯하여 나라 안에서 두루 글을 잘한다고 평판을 듣는 많은 선비들을 불러들여서 가난한 보통 사람들과 노비와 하인 같은 밑바닥 사람들이 쓸 수 있는 〈새 글〉을 만들도록 했었던 것이다.

세종임금이 새 글을 만들려고 궁궐 안에다 집현전까지 지었다는 소문이 장안을 비롯하여 나라 안 곳곳으로 퍼져나가자 중국에서 들어온 한문을 많이 배운 선비들로부터 〈참으로 부당한 일이라〉는 상소문이 빗발쳤는가 하면 궁궐 안에서 일하는 문무백관들 가운데서도 세종임금이 새 글 만드는 일을 거둬야 한다는 상소문을 올린 신하와 백성들이 많았다는 것이다.

그러니까 전국의 향교를 중심으로 한 선비와 벼슬아치들과 조선왕조 때 상류사회를 이끌던 무리들이 세종임금에게 아뢰는 내용은 한결

같았던 것이다. 큰 나라로 모시던 중원 땅의 종주국에서 들여와 이미 상류사회 사람들에게 널리 쓰고 있는 훌륭한 한문이 있음에도 하층민들과 아녀자들의 의사소통을 넓혀준다는 구실을 내세워 새로운 글을 만든다는 것은 국력의 낭비나 다름없으니 그 분부를 거둬들여야 옳다는 것이었다. 그러니까 나라를 다스리고 있는 임금의 뜻이기 때문에 곧바로 반대하거나 거역할 수가 없어서 따르기는 하면서도 그 일을 게을리했었다는 말이다.

어쨌든 벼슬아치들과 학자 선비들은 세종임금의 새 글 만드는 일을 일일이 반대하거나 틀개를 삼았던 것으로 미뤄볼 수가 있다. 한문을 공부해서 학자가 되었고 그것으로 높은 관직을 누리고 세상을 쥐락펴락 했었던 이름 있는 양반사회의 벼슬아치들은 자신들이 종주국으로 받들고 있는 명나라 청나라 같은 대국의 허락도 얻지 않은 채 오랫동안 써오고 있는 한문을 옆으로 밀쳐놓고 새로운 글을 만들려는 세종임금의 뜻을 마땅찮게 보고 옳게 받들지 않았던 것이다.

그러나 가난하고 지체가 낮아서 한문을 배우지 못하는 어리석은 백성들 가슴속에 맺힌 한을 풀어주기로 마음먹은 세종임금은 이런 선비들의 행동을 무릅쓰고 한글을 만드는 일을 꾸준히 밀고 나갔다. 조정에서 일하는 모든 관원들에게 “내가 만들려는 새로운 글은 아녀자들과 천민들 사이의 소통을 위한 것일 뿐 한문을 물리치려는 뜻이 아니다”라고 에둘러서 말했다고 하는데 이런 말들은 한글을 만들어야 되겠다는 세종임금의 뜻이 얼마나 깊었으며 그 시대에 새 글을 만들어내는 것이 얼마나 어려웠던 일이었던 가를 조금은 짐작케하는 일이었다.

이런 숱한 고비를 거쳐서 언문이라는 이름으로 만들어져서 세상에 내놨던 훈민정음이기 때문에 백성들에게는 참으로 굼뜨고 더디게 받아들여질 수밖에 없었다. 선비와 양반들인 상류사회를 이끌어 가는 사람들이 아주 시큰둥하게 여겼기 때문이었다. 따라서 새로운 글인 훈민정음은 숱한 어려움 끝에 세상에 반포되는 빛을 보기는 했었지만 밑바닥 백성들에게는 흐르는 물처럼 쉽사리 스며들지 못한 채 제대로 쓰이지도 않았고 그렇다고 폐기 되지도 않은 채 몇백 년이나 흘러올 수밖에 없었다.

이에 덧붙여서 조선왕조 말년에 이르러서는 조선이 러시아 미국 프랑스 일본 등 서구열강 세력들의 개항을 위협하는 각축장으로 시달림을 받아오다가 끝내는 그 가운데서 국력이 가장 셌었던 일본에게 나라 전체가 병탄 되고 그들의 더부살이로 삼십육 년 동안이나 식민통치를 받게 되면서 우리 보통 사람들의 글자인 한글과 우리말은 말할 것도 없고 조선시대의 역사문화예술풍속 등 모두가 그들 일본인들의 무도한 발길에 짓밟히고 말았던 것이다.

그러나 뜻밖에도 일천구백사십오년 팔월 십오일, 자유 진영의 미영소연합국이 제이차세계대전에서 일본에게 승리하면서 우리 겨레가 삼십육 년 만에 일본의 식민지에서 풀려나 자주독립국이 되기는 했었다. 그렇지만 나라의 땅이 작고 좁은 데다 해방을 기점으로 소련과 미국의 이데올로기 농간 때문에 국토가 남쪽과 북쪽으로 갈라져서 따로 정부를 세웠을 뿐 아니라 천구백오십년부터 삼 년 동안은 이념을 앞세운 동족상잔의 남북전쟁까지 치르는 비극에 휘말렸으며 지금까지도 그 분단 상태를 벗어나지 못하고 있다.

뿐만 아니다. 일본의 식민지에서 벗어난 대한민국은 천구백사십팔 년 독립정부를 세우기는 했지만 그로부터 오십 년이 넘는 오랜 세월 동안에 정부의 권력이 친일파들이 주축이 된 수구 기득권 보수 세력들에게 잡혀있었기 때문에 아직도 우리가 쓰고 있는 언어와 글에 남아있는 일제식민통시대의 찌꺼기를 제대로 걸러 내거나 털어내지 못하고 있을 뿐 아니라 새 종주국으로 나타난 미국과 서양 문화를 마구 받아들여서 두 문명과 문화가 분별 못할 물결로 소용돌이치고 있는 게 지금의 모습이다.

이 역사의 소용돌이 속에서 본래 한글의 올바른 모습이 언제쯤이나 우리 겨레 앞에 우뚝하게 나타날 수 있을까 기다려진다.

(2014.2.16.)

만주벌판

요 몇 해 사이에 중화인민공화국 정부의 역점사업인 동북공정이란 낱말이 우리 언론에 자주 오르내리고 있다. 동북공정이란 낱말은 중국 정부가 추진하는 〈중국 역사에 남아있는 발해와 고구려 등 북방 민족의 역사 지우기〉 프로젝트라고 줄여서 말할 수 있다. 요즘 국내 일부 매스컴들의 보도들을 살펴보면 지금 중국 정부는 요령성 길림성 흑룡강성 등 동북삼성지역에 남아있는 우리 한민족의 역사유적을 자기네 변방에서 한때 일어났다가 사라졌던 별 볼 일 없는 오랑캐 부족들의 유적쯤으로 깔보고 있거나 또는 비슷한 것으로 꾸며내기 위해서 온갖 힘을 쏟고 있다는 것이다.

그러니까 중원 지방의 옛 만주벌판인 동북 삼성지방은 한때나마 우리 한민족의 원류인 발해와 고구려 사람들이 지배했었던 땅이었다. 국토확장 의지가 가장 강력했던 것으로 알려진 고구려의 광개토대왕 시대에는 그 나라의 영토가 지금 중화인민공화국의 길림성 집안지역 깊숙이까지 뻗었었음이 현지에 남아있는 수많은 문화유적들이 입증

하고 있는 것이다.

중국은 비록 옛날이기는 하지만 한반도에 뿌리를 가진 한민족의 원류가 중원 땅의 동북지역 깊숙이까지 쳐들어갔던 역사적 사실이 매우 못마땅한 모양이다. 따라서 지금 자기네 영토 안쪽인 동북삼성 지방에 남아있는 그 시대 고구려와 발해의 유적들을 그때 중원의 동북지방에서 명멸했었던 별 볼 일 없었던 북방 오랑캐들의 하찮은 유적쯤으로 변형시키는 작업을 펴고 있다는 것이 한국 매스컴들이 파악하고 있는 요점들이다.

나는 지난 천구백구십육년에 어떤 신문사가 주최한 역사유적탐방단의 일원으로 중국의 동북지방을 구경한 적이 있었다. 그때 우리 일행은 관광객의 몸으로 한반도 영토가 아닌 중국의 하늘을 거쳐서 중국 사람들이 장백산이라 부르는 백두산 천지까지 올라갔었고 아울러서 길림성과 요령성의 몇몇 지역에 남아있는 발해와 고구려시대의 성채와 묘지 비석 같은 유적들을 주마간산 식으로 둘러봤었다.

길림성 집안에 남아있는 규모가 큰 장군총을 비롯하여 환도산성, 구녀성, 그리고 호태왕의 비석 등을 돌아보면서는 잠시이긴 하지만 통쾌한 쾌감을 느낄 수 있었다. 고구려와 발해시대의 한민족 지도자들이 중원 땅의 동북방지역으로 쳐들어가서 드넓은 땅을 자기들의 영토로 확장하였고 비록 한때이긴 하지만 중국 민족을 지배했었다는 역사적 사실은 중국의 식민지로 살아온 우리 겨레들 마음속에 잠시나마 긍지를 느끼게 하는 일이었다.

그러나 딱 거기까지였다. 그 뒤에 수많은 한국의 관광객들이 동북삼성의 발해와 고구려 유적지로 몰려들었을 뿐 아니라 이 지역의 유적들이 한국영토 속에 남아있는 한국 소유의 문화재나 되는 것처럼 모든 한국의 매스컴들이 하루가 멀게 집중적으로 조명하고 보도하여 중국인들을 자극했다는 것이다. 그러니까 중국 정부가 동북공정이라는 특단의 사업을 벌이게 된 빌미는 대한민국이 제공한 것이나 다름없다는 것이다.

특히 한국의 유명무명 여러 대학들이 중국 땅에서 갑자기 큰 역사 문화적 수확이나 얻은 것처럼 산발적이고 중구난방 식으로 이 유적들을 연구 답사하고 학술조사까지 잇달아 실시하게 되자 드디어 중국인들이 불쾌감을 느끼면서 여론이 들끓게 되었고 중국 정부가 마침내는 엄청난 정부 예산을 들여서 특단의 조치를 취하게 되었다는 분석까지 나온 것이다.

사실은 한국의 관광객들이 중국 영토 안에 있는 발해와 고구려 유적들을 답사하거나 관광한다거나 집중해서 보도한다고 중국의 동북삼성지역이 대한민국의 영토가 될 수도 없고 또 되는 것은 전혀 아니다. 또 중국 정부의 관광 수입은 늘어나겠지만 중국의 통치행위에 어떤 영향을 미치는 일도 아님이 분명하다. 그럼에도 신흥경제대국으로 떠오르고 있는 중국이 느닷없이 동북공정사업을 벌여서 고구려와 발해의 유적을 폄훼하는 것은 한국으로서 받아들이기가 어렵다.

최근의 보도를 보면 중국 정부의 이런 역사 왜곡 사실에 대해서 한국 정부는 제대로 대응을 못 하고 있는 것 같다. 고작 현장답사에 나섰던 대학교수들이 중국지방정부 관계자들에게 "명백한 발해와 고구려 유적을 어찌하여 다른 부족들의 것으로 변형시키고 있느냐"라는 정도의 항의만 하고 있을 뿐이고 정부 쪽 관계자들은 "영토나 문화유적 문제에 대해서는 국제적으로 협의 절차가 복잡하기 때문"이라는 핑계를 대면서 동북공정 사업을 정면으로 대응하지 못하고 바라보고 있다는 것이다.

일이 불거졌으니 말이지만 한국 정부도 중국 정부를 비난하기에 앞서서 스스로도 반성해야 할 대목이 있다. 천구백구십이년 중국과 수교를 한 뒤 한국이 중국 정부에 대해서 자립국가 대 자립국가로서의 분명한 정체성을 가지고 상대하면서 당당하게 교류해 왔었는가 하는 점이다. 분명하게 말해서 과거의 우리 선조들은 오랫동안 중화인민공화국 이전의 명나라와 청나라를 대국으로 섬기는 식민지이자 약소국가로만 살아왔었으며 그것은 부인할 수 없는 역사적 사실로 남아있기 때문이다.

비록 천구백팔십년대 이후 한국이 눈부신 경제발전에 힘입어 국력이 지난날에 비해서 비약적으로 신장되었고 국가의 위상이 세계적으로 많이 높아지면서 일부 국가로부터 선진국 대열에 들었다는 이름을 얻고 있기는 하지만 우리 시민들의 자긍심과 자세가 과연 독립된 번영국가와 선진국에 버금가는 민주국가의 시민으로서 나무랄 데가 없는 행동을 해왔으며 또 하고 있었는지 스스로 뒤돌아볼 필요가 있는 것이다.

따라서 이 시점에서는 아직도 우리 한국 땅 안에 남아있는 그릇 전달된 중국문화와 유교사상만이라도 우리 스스로 재점검하고 진단할 필요가 있을 것이다. 유교는 중국 땅에서 일어난 공자와 맹자의 사상과 주자학에서 전래해온 종교 아닌 종교이다. 그런데 발상지인 중국에서도 이미 마오쩌둥의 문화혁명 때 사라진 문묘 제향 같은 행사들이 한국에서는 전국에 산재한 수백 개소의 향교를 통해서 아직도 중국을 대국으로 모시던 조선왕조시대와 다름없이 시행되고 있다는 사실은 어떻게 받아들여야 할 것인가.

유교를 생활철학으로 삼아왔던 조선왕조시대의 선비와 양반, 중국을 받들어 모시고 서양을 오랑캐로 삼는다는 〈존중화양이적〉이라는 일종의 모화사상을 주축으로 살아온 우리 조선민족 선조들의 행동 지침을 이 시점에서 늗어고쳐야 할 대목은 없는시 점검하고 되돌아봐야 할 것이다. 오늘날 중국 정부가 느닷없이 벌이고 있는 〈동북공정〉 사업이 바로 한반도에서 살아온 우리 겨레의 이런 허술하고 허약한 자세를 의식하고 출발한 것은 아닌지 두렵고 의심되기 때문이다.

지난날 한국 사회를 이끌었고 정신적인 지주 세력으로 군림해왔던 성균관을 터전으로 삼아온 이른바 선비들이란 사람들은 아직도 명나라와 청나라 시대의 자신들이 누렸던 향수를 잊지 못해서 봄과 가을에 올리는 향교제향 때 한국의 명현들 이름과 함께 공자 맹자 주자는 물론이고 그 밖의 중국 명현들 위패들을 앞에다 모셔놓고 제사를 올리는 못난 더부살이 같은 짓거리를 하고 있는 것이다.

이 같은 한국 유림들의 인식과 행동이 빨리 바뀌어야 될 것이다. 지금이 어느 시대인가? 인공위성이 사람을 태우고 화성을 오고 가는 세상이다. 그런데도 선비를 자처하는 지식층의 의식이 과거 식민지시대에 머물러 있는 한 발해든 고구려든 한반도라는 땅덩어리는 오래전부터 중국 땅에서 번성하고 힘이 강했던 천자 나라의 더부살이로 살아왔고 영원한 식민지 국가였었다는 사실을 오늘날의 중국인들에게 변함없이 심어주는 일이고 그것은 그들에게 자부심을 북돋아 주고도 남을 것이기 때문이다.

예나 지금이나 학문은 서책과 사상으로 이어받는다. 그러나 전수과정에서 자기 체질에 맞도록 스스로 개선해서 받아들여져야 올바른 자기 겨레의 문화로 발전할 수 있을 것이다. 즉 받아들일 것과 버릴 것을 올바르게 가려야 한다는 말이다. 그런 취사선택이 결여된 일방적인 모방은 아류이고 병폐만 낳기 때문이다. 그렇다고 중국 땅에서 들여온 유교사상을 우리의 생활문화로 받아들인 자체마저 비판하려는 것은 진실로 아니다.

몇 차례 거듭된 왕조의 역사를 통해서 한반도에 전해진 유교사상 가운데 충효사상과 예의염치는 우리 겨레의 큰 덕목이고 세계만방에 내세울만한 인류의 가치이고 자랑이 아닐 수 없다. 우리는 그런 유교사상의 바탕인 한문학을 학문으로 받아들여서 우리 몸에 맞도록 체질화시켜온 것이지 유교의 창시국인 중원 땅에서 일어났던 천자 나라를 영원불멸한 우리의 정치사상적 선조로 받아들인 것으로 아직도 생각하는 사람들이 있다면 그것은 큰 착오가 아닐 수 없는 것이다.

논란은 많지만 지금은 미국이 우리의 가장 가까운 우방이다. 그 미국이 우리의 한반도를 분단시켜놓았지만 그 동족상잔의 남북전쟁에서 미국의 도움을 받아서 헤어났다고 볼 수 있으며 오늘의 경제발전을 이룩하는데도 직접과 간접으로 미국을 비롯하여 선진강대국들의 도움을 받았던 것은 사실이다. 따라서 우리는 미국을 의지해야 살고 미국을 찬양하는 목소리가 보수 기득권층을 필두로 거셀 만큼 높게 나오고 있다. 솔직하게 말해서 친미파와 종미 세력이 득세하고 있는 세상이니까 말이다.

그러나 분명하게 말해서 우리가 동맹의 친구이기 때문에 미국의 도움을 받은 것은 사실이지만 오로지 그들 때문에 우리가 한국전쟁에서 헤어났거나 오늘날 우리나라의 경제성장이 미국의 도움으로 이룬 것으로 속단하는 것은 친미 세력들의 확대해석이자 새로운 식민사상이나 다름없다. 도움을 받았던 것에 대해서는 감사할 일이지만 그렇다고 독립국가인 대한민국이 패권국가인 미국의 경제속국이 되어서는 안 되는 바탕과 마찬가지 이유인 것이다.

이제는 전국에 흩어져 있는 향교에 모셔져 있는 몇몇 중국의 성인들 위패를 계속 존치하면서 제향을 올릴지의 여부를 일반 시민들의 공론화에 붙여 볼만한 문제라고 본다. 엄밀히 말해서 그것은 조선왕조시대에 득세했던 몇몇 명나라와 청나라를 좋아했던 학자와 당파들이 만들어 낸 식민잔재였었다. 그러나 지금은 시대가 다르고 세상이 바뀌었다. 이십일 세기가 된 지금 유교사상의 부활이나 존속을 위해서 중화인민공화국이라는 사회주의 국가를 무작정 짝사랑할 수만은 없는 처지에 다다른 것이다.

앞으로 많은 세월이 흘러간 뒤에 한국 정부가 자주국방을 이룩하고 지금까지 주둔해온 미국 군인들이 남한 땅에 배치했던 핵우산을 걷어서 자기들 나라로 돌아갔다고 치자. 그때 이 땅의 보수우익 기득권 세력들은 한국전쟁의 영웅으로 추앙해온 맥아더를 비롯한 여러 사람의 전 현직 미국 정치인과 미군들의 위패를 지난날의 중국인들처럼 전국 향교의 대성전에 봉안하고 제향을 지내지 않는다고 과연 누가 단언할 수 있을 것인가.

우리는 역사와 얽혀있는 이런 복잡한 국내 문제부터 분명하게 정리해야 할 것이다. 그렇게 우리의 역사부터 올바르게 해석하고 바로잡아야지 내 역사도 제대로 정리정돈을 못 하면서 남의 나라를 향해서 이러쿵저러쿵 딴죽을 거는 것은 전혀 실익이 없는 항변이고 어리석은 정치적인 몸가짐이고 가엾은 오만일 뿐이다.

따라서 〈동북공정〉 사업을 펼치고 있는 중화인민공화국 정부에 보내는 한국 매스컴들의 항의성 보도가 지금은 전혀 반응을 얻지 못할 것이고 먹혀들지 않을 것이 틀림없다. 우리 스스로 중국을 극복할 수 있는 역사적 아이덴티티와 문화적 역량이 정리되고 축적됐다고 판단됐을 때만 동북공정이라는 중국 정부의 고구려 발해역사 지우기 문제를 정면으로 거론하고 싸움을 걸어야 승산도 있을 것이고 실리도 얻을 수 있을 것이다.

(2006.9.7.)

엇갈리는 인심

올해에도 엄청난 물난리가 온 나라를 휩쓸고 지나간 뒤에야 장마가 끝났다. 요 몇 해 동안은 조용하게 장마철을 넘기는 적이 없다. 지난 칠월에 〈에위니아〉란 엄청난 태풍이 강원도 영서 내륙지방을 휩쓸어 평창군과 인제군이 가장 큰 피해를 입었고 그 밖의 정선군이나 화천군 영월군 그리고 홍천군과 양구군 같은 산간 고을들도 적지 않은 수해를 입었다.

이 가운데서도 마을이 몽땅 사라지거나 땅의 모습이 아예 몰라볼 만큼 뒤바뀐 곳은 인제군과 평창군이라고 한다. 그런데 이 지역 주민들은 야릇하게도 자신들이 입은 예상 밖의 수해 참상에 대해서 전혀 누구를 원망하거나 탓하지 않았다. 지난날 호남지방이나 영남지방에서 일어났던 큰 수해로 엄청난 피해를 입었던 수재민들의 생각과는 판이하게 달랐다는 말이다.

몇 해 전 영남지방이 엄청난 홍수 피해에 휩쓸렸을 때 수해 지역 주민들은 티브이 방송에 나와 리포터들과 인터뷰를 하면서 울고불고 난리를 피웠다. “군청이나 시청 도청 같은 지방자치단체에서 수해 방지 시설을 제대로 해주지 않았기 때문에 전답과 주택이 모두 물에 잠겼습니다. 때문에 정부가 수해 피해에 대한 모든 책임을 지고 복구해 줘야 마땅합니다.”

주민들은 수해의 탓을 하나같이 정부와 지방자치단체의 잘못으로 돌렸다. 또한 몇 해 전의 일이다. 호남지방에서 큰 물난리가 났고 말로 다 못할 만큼 인명과 재산에 엄청난 피해가 발생했었다. 이 수해 지역에도 마찬가지로 방송사의 취재진이 찾아가서 주민들에게 왜 수해를 입었다고 생각하느냐고 물었다. 주민 여러 사람들이 이구동성으로 말했다.

“기상청에서 일찍 예보를 안 해 줬고 지방자치단체에서도 주민들이 요구했던 제방을 제때에 쌓아주지 않았기 때문입니다. 그러므로 정부는 수해를 입은 마을들을 모두 재해 지역으로 선포하여 농작물의 피해를 보상해 줌은 물론이고 복구사업에 소요되는 비용 전액을 국비에서 지원해 줘야 합니다”라고 주장하고 요구했던 것이다.

그런데 참으로 이상한 일이다. 이번 강원도 수해 지역 중에서도 가장 많은 피해를 입었고 여러 개의 마을이 통째로 사라진 평창군의 어느 마을 주민을 붙잡고 방송국 리포터가 “왜 이 같은 엄청난 수해가 발생했다고 생각하느냐?”고 물었더니 뜻밖의 발언이 나왔던 것이다. “그야말로 천재지변이지요. 그게 하늘이 하는 일인데 누구에게 잘못이 있고 책임이 있겠습니까. 마을이 아예 사라지고 마을 사람들도 상당수가 목숨을 잃었지만 그걸 누구의 탓이라고 원망을 하겠습니까. 죽은 사람들만 불쌍하지요. 천재지변은 운명으로 돌릴 수밖에 없습니다. 살아남은 사람들이야 어떻게 하면 못 살아가겠습니까. 비가 멎어주면 다시 일어서야지요. 우리가 힘을 내면 하늘이 도와주시지 않겠습니까?”

영남과 호남지역의 수재민들이 목청을 높이던 말과는 너무도 대조적으로 판이하다. 왜 그럴까? 모두가 같은 나라의 사람들인데 어느 지역 사람들은 재해의 탓을 정부나 지방자치단체의 잘못으로 돌리는데 유독 강원도 산골사람들은 뜻밖의 재해를 운명이라고 치부하면서 시민들이 스스로 일어서면 하늘이 도와줄 것이라고 말했을까?

이 세 곳 수재민들의 서로 엇갈리는 주장과 발언에는 어떤 사연이 숨겨져 있을까? 그냥 넘겨버릴 가벼운 문제가 아니다. 일부 수재민이 자기들의 기분에 따라서 멋대로 지껄인 말이라고 가볍게 넘겨버릴 일도 아니다. 세 곳에서 살아가는 주민들의 발언들이 각기 틀린 것은 그 지방에서 살아가는 주민들의 정서가 그대로 나타난 것은 아닐까?

같은 나라의 시민들이 같은 문제를 가지고 왜 그처럼 서로 다른 판단과 생각을 하고 있을까. 정치를 하는 사람들이나 정부 기관 사람들 그리고 지방행정을 연구하는 곳에서는 지체하지 말고 이 엄청난 주민들의 발언들을 주워 모아서 이 심각한 문제를 집중적으로 연구하고 조사해서 앞으로 정치와 행정에 반영하고 해결책을 마련해야 될 것이다.

지금의 정권은 경상도 정권도 아니고 전라도 정권도 아니다. 그렇다고 충청도 정권은 더더욱 아니다. 대통령은 경상도 김해 사람이지만 정부 정책을 주도해 나가는 중요 인물들은 호남지방 사람들이 태반이다. 또 정권은 명색으로 여당이라는 열린우리당이 잡고 있는 셈이지만 삼백 명이 가까운 국회의 권력은 보수 기득권 세력이라고 불리는 한나라당의 손아귀에 잡혀있다. 그러니까 아주 미묘한 정치 세력들이 대한민국의 권력을 적당하게 나눠 갖고 있는 미묘한 상태이다.

수해 지역 주민들의 불만이나 반응은 이런 정당의 권력분포와 얼마간은 관련이 있을 듯싶다. 언론들의 보도에 따르면 영남지역 전체와 수도권에 포진하고 있는 기득권과 보수 세력은 무조건 한나라당을 지지하는 사람들이라는 것이고 호남지역의 경우 정권 초기에는 민주당을 지지했었지만 뜻밖에 열린우리당이 생겨나자 한동안 우왕좌왕 흔들리다가 지금은 민주당 지지로 절반 이상이 되돌아간 상태라고 정치평론가들은 분석하고 있다.

지금 집권하고 있는 열린우리당은 일부 진보 세력들로부터도 지지를 철회 당한 상태라고 한다. 강원도 충청도와 경기도 사람들 중에도 여당인 민주당이나 열린우리당보다는 야당인 한나라당을 지지하는 사람들이 많다는 것이 시민들을 상대로 벌인 여론조사의 집계라는 것이다. 그러니까 재력이나 권력을 갖고 있어서 성품이 괴팍해진 보수성향의 시민들은 입만 열면 하루빨리 노무현 정권이 물러나야 한다고 야단들이다.

그러니까 영남과 호남의 수해 지역 주민들이 매스컴을 향해서 자기들의 속내를 유감없이 풀어낸 것은 수해 피해에 대해서 말했다기보다는 가슴에 품었던 정치적 불만을 토로했을 가능성이 많다. 그쪽 사람들은 자기네 고향 사람들이 이 나라의 정치권력을 잡았을 때 받아챙겼던 정치적인 인센티브와 프리미엄을 너무도 생생하게 기억하기 때문이다.

그러나 해방이 되고 대한민국 정부가 출범한 이후에 단 한 번도 합법적으로 제왕적인 대통령을 배출해보지 못하고 이승만 자유당 독제체재에서 십이 년 동안이나 시달렸고, 〈오일육〉 군사 반란이 일어난 뒤 십팔 년 동안이나 박정희 군부독재와 유신독재에 시달렸고 〈십이륙〉 사태 뒤에 다시 등장한 전두환 군사정권 아래서 팔 년 동안이나 시달렸었던 경기도와 강원도 그리고 충청도 사람들은 영남지방이나 호남지역 사람들의 그런 정치적인 정서와 성향을 속속들이 심작할 수도 없고 알 수도 없을 것이다.

어떤 지역적 배경을 가졌던지 우리는 같은 나라의 시민이다. 수해를 입었든 화재를 입었든 그 밖의 어떤 불행한 재해를 당했든 우리는 함께 울고 함께 웃으면서 극복해야 한다. 같은 땅에서 함께 살아가는 같은 겨레들이기 때문이다. 그렇다면 정부와 지방자치단체에서 일하는 공무원은 누구일까? 그들도 우리의 형제이고 이웃이다. 전혀 남의 나라 사람이 아니다. 전지전능한 신이 아닌 이상 누군들 허물이 없겠는가. 작은 허물을 핑계 삼아 겨레의 장래를 어둡게 할지도 모르는 지역감정을 부추기는 막된 말들은 제발 삼가야 하고 쓸어버려야 하지 않겠는가 말이다.

왜 평창군 사람들처럼 너그러운 마음으로 세상을 바라보지 못할까. 공무원과 정부를 헐뜯어서 어떤 이익이 자기에게 돌아올 것인가. 실제로 수해가 공무원들의 업무태만으로만 발생할 수는 있다. 또 공무원들이 치산치수 행정을 제대로 수행하지 않았기 때문에 피해가 가중됐을 수도 있다. 그러나 처음부터 발생할 수 없었던 재해가 공무원들의 태만 때문에 발생했다고 단정하거나 전가하는 것은 지나친 억측이고 아전인수의 발언이다.

정부가 하늘에다 대고 어느 지역에 비를 많이 내려서 사람을 죽게 하고 무지막지한 재해를 입혀 달라고 고사를 지낼 수도 없는 일이고 또 고사를 지낸다고 그렇게 되지도 않을 것이다. 왜 우리들은 모든 나쁜 일이 일어나면 내 탓이나 내 잘못으로 돌리지 않고 남의 탓만 하고 잘못을 남에게만 돌리려고 하며 어찌하여 남을 헐뜯는 말만 서슴지 않는지 모를 일이다.

얼마 전이지만 어떤 종교 단체가 그런 구호를 내건 바 있었다. 세상사는 모두가 〈내 탓이라〉고 말이다. 모든 허물을 내 탓으로 돌리고 나면 마음이 얼마나 평안하고 힘이 솟구치는지 모를 일이다. 새로운 희망이 솟아날 것이다. 재해는 어느 누구의 탓도 아니고 오직 내 탓이고 기상의 조화 때문이다. 그것을 남의 탓으로만 돌려서 무턱대고 서로 헐뜯고 상처를 입는 것은 어느 누구 에게도 아무런 이익이 없으며 허망한 일일 뿐이다.

(2006.9.16.)

어떤 피정

아내가 일박 이일 일정으로 시골 여행을 떠났다. 양평성당의 교우들인 〈꾸리아〉 단원들 일고여덟 명과 더불어 피정이라는 이름으로 바람을 쐬러 간 것이다. 그들이 떠나간 곳은 강원도 동해안의 설악산 쪽이다. 아마도 속초 가까운 곳의 바닷가 어떤 숙박시설에서 잠은 자게 될 것이고 끼니는 그 이웃의 음식점 같은 곳에서 사 먹을 것이라고 말했던 것이다.

아내는 수십 년간 일해 온 교직에서 은퇴하기 전에도 동료 교원들과 방학 때가 되면 곧잘 지방 여행을 다녀왔었다. 그때는 나 또한 바쁘게 직장생활을 할 때였고 집에는 늙으신 부모님들이 우리의 살림살이를 알뜰하게 돌봐주셨으며 슬하의 사남매 아이들이 건강하게 자라나고 있었으므로 아내가 하루 이틀쯤 집을 비운다고 해도 그 빈자리를 전혀 느낄 수가 없었다.

그런데 부모님이 오래전에 돌아가시고 아이들이 자라나서 결혼한 뒤 제 살림을 차려 나가고 우리 부부만 덩그렇게 남게 되면서부터는 그게 아니었다. 더구나 서울이라는 대도시에서 살 때는 전혀 느끼지 못했는데 한적한 시골로 이주를 한 뒤에는 외로움이 대단했던 것이다. 두 사람 중에서 한 사람이 먼 곳으로 여행을 떠나거나 나들이를 해서 하루 이틀을 밖에서 머물다 오게 될 때에는 그 빈자리가 크게 느껴지더라는 말이다.

아내는 여행을 떠나기 며칠 전부터 내 눈에 띄지 않게 이런저런 맛있는 반찬을 장만하는 모양이었다. 겨우 하룻밤을 밖에서 자고 돌아오는 여행이었지만 살림을 맡아 하는 자신이 집을 비우게 되니까 남편의 끼니가 마음속으로 부담이 되었던 모양이다. 고작 세끼니 아니면 네 끼니만 혼자 차려서 먹으면 되는 일이니까 그렇게 마음을 쓸 일은 아닌데도 말이다.

나는 아내가 집에 없어도 밥을 잘 찾아 먹을 뿐 아니라 가벼운 반찬은 만들어 먹을 줄도 안다. 군대에 들어가서 삼 년 동안 수자리를 살면시 졸병으로 야전 생활을 하는 동안에 익혔넌 병영시절의 버릇이 아직 남아있기 때문이다. 따라서 아내가 친지나 교직원들과 더불어 잠시 집을 비우고 여행을 다녀온다고 해도 밥을 먹는 것으로는 전혀 걱정을 하지 않아도 되었던 것이다.

더군다나 지금은 옛날과 달리 얼마나 편리해진 세상인가. 집에 음식을 만들어 먹을 수 있는 편리한 부엌시설이 잘 갖춰져 있는 데다 식품점에 가면 온갖 것이 다 나와 있다. 주식으로 먹는 밥과 반찬은 물론이고 맛있는 갖가지 간식들까지 널려있을 뿐 아니라 집 주변에는 갖가지 음식점들이 널려있으니까 주머니가 가벼운 사람이라면 몰라도 돈만 가지고 있다면 몇 며칠이 되던 배곯을 걱정은 할 필요가 없는 세상이 아니던가.

그렇지만 아내의 생각은 달랐던 것 같다. 입맛이 까다로운 늙어가는 남편에게 만들어 파는 반찬이나 음식점 밥을 사 먹게 할 수는 없었던 모양이다. 마침 금값이나 다름없이 비싸다는 배추를 몇 포기 사다가 김치도 담갔고, 알타리무를 서너 단 사서는 총각김치도 버무렸던 것이다. 물론 추석이 가까웠으므로 어차피 김치 같은 반찬들은 장만을 해야 될 것이지만 그 무렵을 평년보다 며칠쯤은 앞당겼던 것이다.

그 밖에도 몇 가지 숙성된 젓갈을 무쳐놓는 것을 비롯하여 이것저것 마른반찬을 만들어서 냉장고 안에 넣어두면서 하는 말은 "밥을 하기가 귀찮으면 음식점 밥을 사 드시라"는 권고였다. 칠십이 내일모레인 늙어가는 아내의 이 같은 마음 씀씀이가 요즘 같은 세상에서는 흔치 않은 일이다. 남이 이 말을 듣는다면 팔불출 같은 소리라고 빈정댈 일이기도 하지만 말이다.

> 이화우 흩뿌릴 제 울며 잡고 이별한 임
> 추풍낙엽에 저도 나를 생각는 가
> 천 리에 외로운 꿈만 오락가락 하노매
>
> -조선 명종 때 가인 계랑-

아내의 남다른 내조는 일평생이 한결같다. 우리가 젊을 때에는 집안 살림을 맡아주시던 어머니가 살아계셨으니까 음식을 만들어 먹는 것으로 남편인 나에게 달리 정감을 표시할 겨를이 없었지만 아버지와 어머니가 돌아가신 뒤에 아이들을 모두 출가시키고 나서는 아내의 마음 씀씀이가 여러 형태로 두드러지게 나타났던 것이다. 물론 나도 아내에 대한 배려가 평생 변하지 않는 사람이지만 말이다.

아내는 몇 해 전 서울에 있는 종합병원에서 척추를 바로잡는 큰 수술을 받았다. 아주 어렵고 힘들다는 수술이었다. 교원으로 재직할 때부터 허리가 성치 않았는데 미련하게도 몰라라하고 내버려 뒀었던 것이 병을 키웠던 모양이다. 걸음을 걸을 때는 허리와 다리가 아파서 자지러드는 시늉을 했다. 어느 해 외국 유학을 마치고 돌아온 둘째 아들의 성화에 못 이겨 하는 수 없이 허리를 잘 치료한다는 전문의를 찾아갔더니 빨리 수술하는 것 말고는 다른 방법이 없을 만큼 증세가 나빠졌다는 것이었다.

몇 시간에 걸친 큰 수술을 받고 이십 여일을 병실에 누워 치료를 받다가 집으로 돌아왔는데 수술을 맡았던 의사의 말은 성공이라는 것이었다. 어쨌든지 아내는 수술을 받은 뒤부터 전보다 걸음 걷기가 편해졌다는 것이다. 움직이고 생활하기가 수술하기 전보다는 훨씬 수월한 쪽이라니까 돈이 좋고 종합병원의 수술이 좋기는 좋았다. 그래서 하늘로 머리를 둔 사람이라면 너도나도 가리지 않고 돈을 벌려고 아우성이고 그 돈을 싸들고 치료를 받으려고 서울에 있는 종합병원으로 몰려드는 모양이다.

때문에 전에는 곧잘 높은 산으로 등산도 다녔던 아내이지만 지금은 전혀 산행을 못 한다. 의사가 등산을 말리기도 했지만 만일을 생각하여 스스로 절제를 하는 것이다. 수술로 허리의 건강을 되찾았다고 자랑하면서 이것저것 생각지 않고 무리를 했다가 허리를 삐끗 다쳐서 다시 병원을 찾아가게 된다면 이 무슨 어리석고 괴로운 일이겠는가.

그 뒤로 나는 아내와 함께 나들이를 할 때면 언제나 아내의 한쪽 손을 잡고 다닌다. 이런 우리의 깊은 사정을 모르는 사람들이야 부부가 얼마나 정이 좋으면 나들이할 때마다 손을 잡고 다니느냐고 빈정대거나 부러워할지도 모를 일이다. 그러나 속내는 그게 아니다. 아내를 사랑하기 때문에 손을 잡아주는 것은 틀림없는 일이지만 남편인 내가 철저하게 아내의 지팡이 노릇을 자처하기 때문인 것이다.

물론 아직은 내가 손을 꼭 잡아줘야 할 만큼 아내가 보행하는데 지장을 받지는 않는다. 그럼에도 내가 언제나 아내의 손을 잡아주고 있는 것은 해로하는 동안에 사랑하는 아내를 더욱 편안하게 보호하고 관리해야 할 책임이 있는 남편이기 때문이다. 그것은 남편이라는 지킴이로서의 당연한 책무를 이행하는 것일 것이다.

아내는 몸이 원체 약질이다. 몸무게가 겨우 사십오 킬로그램 정도를 맴돌 만큼 허약한 편이다. 팔을 걷어보면 근육의 굵기가 대여섯 살 아이들이나 비슷하다. 그러니 무슨 힘을 차릴 수 있을까. 힘이 쓰여지는 거친 집안일. 예를 들어서 김장을 하고 난 날에는 밤새도록 끙끙 앓는다. 팔도 아프고 다리도 아플 것이다. 몸에 살집이 없으니 굼뜬 내 눈으로도 그렇게 보인다. 힘든 일을 했는데 어찌 몸이 아프지 않겠는가.

그래서 피치 못할 일거리가 생겨서 아내가 혼자 나들이할 때에는 떠났다가 집으로 돌아올 때까지 내가 불안한 마음으로 기다릴 수밖에 없다. 그러다가 아내가 약속되었던 시간에 집으로 돌아와야만 후유! 하고 마음을 놓는다. 이건 지나친 반응이 아니다. 한 가정의 주인이고 남편으로서의 기본적인 배려이고 몸가짐이다.

아침 아홉 시가 못 되어 여행길에 올랐던 아내는 오후 다섯 시가 넘어서 한차례 전화를 걸어왔다. 동해안 속초 앞의 어떤 작은 바닷가 음식점에서 싱싱한 해산물을 맛있게 사 먹고 일찌감치 숙소까지 잡았다는 사연이었다. 일행 모두가 집에서 살림살이를 하는 어머니들이므로 모처럼 집을 떠나서 객창에서 하룻밤을 같이 보내게 되었으니 모르긴 몰라도 여학교 다닐 때 수학여행을 떠나간 학생 기분이나 비슷할 것이었다.

나는 모처럼 집을 나서는 아내의 손에 얼마쯤의 돈을 쥐여 주었다. 바닷가에서 혹 맛있어 보이는 생선이라도 만나게 되거든 돈 생각 말고 같이 간 자매님들과 사 먹으라고 말이다. 그러나 아내는 필경 자기를 위해서 그 돈을 쓰지 못할 것이다. 기껏 내가 좋아하는 마른 해산물을 사 들고 올 것이 분명하다. 아내는 자기를 위해서는 전혀 돈을 못 쓰는 사람이다. 그게 엄격한 부모들의 훈도를 받고 자라난 지금까지의 우리 아내들이고 한국의 어머니들이다. 내 아내도 그 범주를 벗어나지 못하는 한국의 여인이니까.

아내는 일행들과 밤을 새워가며 이런저런 정담들을 나눌 것이다. 살아온 과거와 남아있는 미래에 대한 추억과 전망으로, 그리고 점점 가난해지고 늙어가는 자신들의 가슴속을 다독거릴 것이다. 그런 뒤에는 미우나 고우나 집에서 기다리고 있을 자신들의 반쪽들을 생각할 것은 아닐까.

(2006.9.27.)

동식물의 씨받이

엊그제 장날이다. 아내와 함께 읍내 장터에서 열리는 오일장 구경을 가면서 바라보니 동네 길가의 어느 집 담장 밑으로 호박 덩굴이 풍성하게 뻗어 있었다. 여름철 내내 꽃도 피지 않고 잎사귀만 무성했었는데 오늘 들어서 유심히 살펴보니 수내기에 어느 사이엔가 새끼감자 알만 한 애호박들이 여러 개씩이나 달려있지 않은가, 참으로 신기한 생각이 들었다.

"여보! 줄기만 무성하던 호박 덩굴이었는데 언제 열매가 맺혔네요?"

내가 아내를 바라보며 말하자.

"그게 가을이 왔다는 소식이에요. 식물들도 이제는 자기의 목숨이 다 되었다고 생각하고 서둘러서 씨받이를 시작한 것입니다."

"그래서 가을이 깊어 서리가 내릴 무렵이면 농촌의 할머니들이 울타리에 열렸던 애호박들을 따가지고 너도나도 오일장으로 나오는 것인가?"

"그럼요. 여물지도 못할 애호박들이 덩굴에 주렁주렁 열리니까 농가의 아낙네들은 푼돈이나마 만져 보려고 서리가 내리기 전에 미리 따다가 파는 겁니다. 호박뿐 아니지요. 고추도 그렇습니다. 가을바람이 불기 시작하고 찬 이슬이 내리기 시작하면 고추나무도 갑자기 꽃을 많이 피우게 되고 거기서 어린 풋고추들이 줄줄이 열리는 것입니다."

"오오라! 그랬었군요."

나는 감탄해 마지않았고 아내는 이야기를 이어갔다.

"모든 식물들이 아침저녁으로 찬 이슬이 내리기 시작하는 음력 구월에 접어들면 가을 채비를 시작하는 겁니다. 씨알머리를 이어가려고 마구 꽃을 피우고 열매를 맺는 것입니다. 그건 자연의 이치이고 식물의 본능이에요. 종내에는 제대로 여물지도 못하고 거두지도 못하면서도 말입니다."

"정말 신기합니다. 당신은 농사를 잘 모르는 줄 알았는데…"

"실습이야 못 해봤지만 책상물림으로 아는 것이지요. 이래도 내가 수십 년 동안이나 교단에 서서 아이들과 더불어서 공부했던 사람입니다. 늘 아이들에게 세상의 모든 자연과 이치들을 일러주고 가르쳐줬었는데 그걸 벌써 잊어버렸겠어요?"

"그렇지요. 내가 착각을 하고 있었습니다."

"그것뿐 아닙니다. 요즘은 도심의 층층 살림집 단지 안에 심어진 소나무를 보면 산업공해가 얼마나 깊이 스며들었는지 안타깝기만 합니다."

"그 공해에 병든 소나무는 어떻게 가려낸답니까?"

"왜 우리 층층 살림집 단지의 들머리에 서 있는 소나무들을 보셨지요. 모두가 잎새와 가지는 앙상한데 유독 솔방울만 많이 달리지 않았습니까? 산에 심어져 있는 소나무들은 잎과 솔방울이 싱싱하게도 잘 자라는데 단지 안의 소나무는 겨우 목숨만 이어갈 만큼 말라죽기 직전의 상태가 아니었습니까? 그런데도 솔방울만은 기형적으로 엄청나게 많이 열렸었잖아요. 그게 다 씨받이를 하려는 수목들의 본능 때문이랍니다."

"오오라! 그 말이 맞습니다. 봄이 되어도 새잎조차 푸르게 피우지 못할 만큼 신음하던 소나무인데도 솔방울은 다닥다닥 열렸더라고."

"그게 바로 공해에 찌들었다는 증거입니다."

천구백오십년대, 한반도가 한바탕 전쟁을 치렀고 온 국민이 헐벗고 굶주리는데도 인구는 기하급수적으로 늘어났었다. 한 집의 자녀들이 보통 예닐곱 명이었다. 좀 많이 낳았다는 집은 자녀들의 숫자가 한 죽(열 명)이 넘었다. 군대 조직으로 치면 일개 분대 병력이었다. 어느 특정한 고을만이 그렇지 않았다. 전라도나 경상도나 충청도나 경기도나 강원도나 모두가 마찬가지였다. 북쪽에서 월남한 사람들을 제외하고는 거의 비슷비슷했던 것이다.

육십년대 초반으로 들어서자 이를 보다 못한 정부가 산아제한을 중요정책으로 내세웠었다. 젊은 여성들에게 아이를 제한해서 낳는 방법으로 루프시술을 시켰는데도 실적이 오르지 않으니까 나중에는 여성들의 짝꿍인 청년들을 보건소로 불러들여서 반강제로 정관수술을 시켰고 그것으로도 성에 차지 않아서 끝내는 젊은 나이의 가임여성들에게는 가족 계획 요원들이 가정으로 찾아가서 〈복강경〉 수술을 권장해서 산아를 제한하고 절제시켰었다.

이렇게 정부가 강력한 인구감소 정책을 시행했지만 시민들은 마지

못해 호응은 했었지만 전폭적으로 받아들이지는 않았다. 겉으로만 협조하는 척하면서 자기들 나름의 고집을 밀고 나갔던 것이다. "낳는 대로 낳고 보자, 제 먹을 것은 제가 타고 나온다"는 것이 시민들의 뱃심이었다. 정부 쪽에서 보면 참으로 애매하고 무책임한 시민들의 행동들이었다. 그러나 민주주의 국가에서 정부가 인구감소정책을 그 이상의 강력한 법규나 제도로 실행할 수는 없었다. 권유 권장하는 길뿐이었다.

왜 시민들은 아이를 적게 낳으라는 정부의 시책을 받아들이지 않았을까? 간단하다. 자녀들을 〈재산〉이라고 생각했기 때문이다. 다른 재산이라고는 아무것도 없으므로 자식들이라도 많이 낳아서 장차 그들의 덕을 보자는 속셈이었다. 여러 명을 낳아 놓으면 먹여 기르고 가르치기는 고생스럽고 힘이 들겠지만 우선은 부려먹을 일꾼이 생기는 것이고 그 가운데서 공부를 잘하는 자식이 더러는 있을 것 아니냐고 지레짐작을 했던 것이다. 당시로써는 참으로 무계획하고 어리석은 행동이었던 것이다.

한반도의 남북전쟁 때 도시의 대다수 주택들은 불에 타고 허물어졌다. 전쟁이 멎었지만 가난한 서민들은 초가집과 후생주택 움막 그리고 판잣집에서 살았다. 그들은 좁다란 방 한 칸에서 일고여덟 명의 가족이 함께 기거하기 일쑤였지만 불편한 줄을 몰랐고 전혀 불평하지도 않았다. 산업시설이 부서졌으므로 일자리도 없었다. 농토도 모자라니 젊은 일손은 남아돌았다. 가뭄과 수해가 계속돼 해마다 흉년을 겪지 않을 수 없었다. 외국에서 들어온 원조 양곡이 양식이 없어 굶주리는 서민들에게 배급되었지만 늘어나는 인구팽창을 감당하지 못해 식량

난은 계속될 수밖에 없었다.

그런 한국인들의 고집불통이 오늘 같은 국가부흥의 원동력으로 작용했다면 〈우스개 같은 소리〉라고 치부할 수 있을까? 정부의 산아제한 정책을 외면하고 자꾸자꾸 낳기만 했던 그 아이들이, 그들이 자라나 이 나라의 산업일꾼이 되면서 오늘날 대한민국의 국방인 일백오십오 마일의 휴전선을 지키고 경제발전과 국가부흥의 견인차 역할을 했다고 볼 수 있는 것이다.

명백하게 따져본다면 그것은 교육의 힘이었다. 해방 당시의 통계로 우리나라 문맹률은 무려 구십 퍼센트가 넘었었다고 한다. 그러나 휴전 이후 전국적으로 학교가 엄청나게도 많이 세워졌다. 초등학교에서 대학교까지 국공립과 사립이 마구 세워지면서 적령에 이른 아이들은 누구나 학교에 다녔다. 처음에는 초등학교만 의무교육이었지만 지금은 중학교까지로 넓어졌다. 세계 신흥발전국가 가운데서 그 유례를 찾아보기 힘들 만큼 대단한 교육정책이고 엄청난 교육열이었다.

무계획적으로 자식들을 낳았는데도 그들의 먹을거리가 덩달아 생겼고 악의악식이지만 잘 먹고 자라나니까 학교 공부도 하게 되었던 것이다. 가난한 나라의 자원이 인구라는 사실은 바로 이런 경우를 두고 이르는 것이다. 부존자원이 전혀 없었던 대한민국과 같은 가난한 나라에서 인구조차 적었다면 기대할 희망은 아예 없었다는 말이기도 하다.

그런데 지금의 우리 모습은 어떻게 돼가고 있을까? 잠깐 사이에 기막힌 역조 현상이 벌어지고 있다. 인구가 너무 늘어나서 고민이라던 한국이 어느 사이엔가 증가 폭이 둔화되다가 이천년대 들어서면서부터는 아예 한 집에서 한 자녀만 낳고 있다. 이런 식으로 나간다면 앞으로 이십 년 이후에는 육십오 세 이상의 인구가 전체 인구의 삼십 프로를 점유하는 초고령화 사회가 된다는 매스컴들의 잇단 보도들이다.

삼사십 년 전에는 인구가 많아서 난리였는데 지금은 모두가 자녀를 너무 안 낳으려고 해서 말썽이 되고 있는 것이다. 요즘 들어서는 정부가 강력한 새 정책을 내세웠다고 한다. 두 자녀 이상을 둔 가정에는 주택 구입에 우선권을 주는가 하면 신생아의 양육비를 지원하는 외에도 국세와 지방세의 감면 혜택까지 주겠다는 것이다.

> 이고 진 저 늙은이 짐 풀어 나를 주오
> 나는 젊었거니 돌이라 무거울까
> 늙기도 설 워라 커든 짐을 조차지실까
>
> —조선 선조 때 문신 정철—

또 시도군구 같은 지방자치단체도 자기들 나름대로 인구증가대책을 부지런히 세우고 있다. 자녀를 둘 이상 출산하면 양육비를 지원해주고 세 명을 낳으면 그보다 배나 되는 모자 건강을 위한 생계비를 지원한다는 것이다. 지원하는 돈의 차등은 있지만 지방자치단체들도 중앙정부 못지않게 나름의 인구증가 정책에 열을 올리고 있는 것이다.

곰곰 생각해보면 이게 얼마나 웃기는 일인가, 그리고 얼마나 재미있는 현상인가. 더구나 지금과 같이 고령사회가 지속되고 한 가정에서 한 자녀만 계속 낳는다면 이천삼십년쯤에는 한국인의 평균수명이 현재의 여든한 살에서 여든다섯이나 여섯 살로 늘어나게 되면서 결과적으로 젊은이 한 사람이 노인 두 사람을 부양해야 된다는 수치까지 나온다는 것이다.

정부가 인구정책을 현명하게 세우지 않거나 그에 따른 뒷받침을 못한다면 장차 인구에 웃고 인구에 우는 웃지 못할 기이한 현상이 벌어질지도 모르는 일이다. 지금 벌어지고 있는 눈앞의 이런저런 걸 살펴보니까 만물의 영장이라는 인간사회라 하여 식물들이나 크게 다를 것이 아무것도 없다는 생각마저 든다. 다르기는커녕 오히려 자연에 순응해 사는 미물이나 식물들만큼도 못하다는 생각이 드는 것은 어쩐 일일까?

(2006.10.)

명문사회

대한민국은 참으로 학벌을 중시하는 나라다. 이른바 제도권이라 불리는 학교 교육을 받은 사람, 특히 명문으로 평가되는 유명한 중·고등학교와 대학교에서 공부했던 사람들은 아주 쉽사리 한국 사회의 지배계급으로 편입이 된다. 그러나 명문 출신이 아니거나 아예 제도권 교육을 받지 못한 사람들은 아무리 뛰어난 실력을 갖췄다고 하더라도 쉽사리 기득권 사회로 들어가 자리를 잡기가 매우 어렵다. 장벽처럼 굳어져 있는 학벌의 성역을 뚫을 수가 없기 때문이다.

지구촌의 수많은 나라에서 학벌을 중시하는 나라가 한국뿐만은 아닌 것으로 알려져 있다. 세계의 최대 패권 국가이자 선진문명국이라는 미국이나 그 나라와 정치경제적으로 수준을 같이하는 영국 독일 프랑스 일본 같은 나라들도 정도의 차이는 있지만 비슷비슷하게 학벌을 무겁게 바라보고 있으며 요즘 들어서 일본에 이어서 경제대국으로 떠오른 중화인민공화국도 다른 선진국들 못지않게 인민대학이나 청화대학 같은 명문대학교 출신들이 국가권력은 물론이고 나라의 경제를 거머쥐고 있다는 것이다.

이런 현상 가운데서 유독 한국 사회가 학벌을 중시하게 된 것은 일본의 식민지 지배에서 해방이 되고도 스스로 올바르고 바람직한 사회 제도를 만들 생각을 하지 않고 남의 나라들을 모방만 해왔기 때문이다. 미국에서 살다가 귀국한 이승만이 대통령이 되고 그를 따르던 친일 세력과 친미 세력들이 국권을 장악하게 되면서 쉬울세라 미국과 프랑스 영국 일본 같은 강대선진국들이 시행하고 있는 정치 경제 교육 문화예술 등 여러 분야에 얽힌 제도를 답습하고 흉내만 내왔기 때문이다.

특히 독립정부가 세워지긴 했지만 친일파들이 정권을 장악하자 첫 번째로 일본을 본떠서 곧바로 고급공무원들을 양성하기 위한 고등고시제도(사법 행정 입법)를 받아들였다. 국가발전에 헌신할 쓸 만한 인재들을 뽑는다는 명분을 내세우고 이 제도를 도입한 뒤에 엄격한 시험을 거쳐서 선발되었다는 여러 분야의 인재들을 출신학교들로 나눠보면 거의가 수도 서울에 자리를 잡고 있는 서울 고려 연세 등 이른바 〈스카이〉라 불리는 명문대학 출신들이 주류를 이루고 있었던 것이다.

그러니까 정부가 세워지고 시작된 고급공무원 선발제도가 첫발부터 빗나간 것은 제도의 탓이 아니라 편향된 정부의 정책 때문이었다고 말할 수밖에 없다. 물론 집권 세력 쪽에서는 해방정국을 조기에 안정시키고 정부의 기능을 제고시키자면 해외유학파나 명문학교 출신들을 중용할 수밖에 없다는 변명이 가능하지만 국가장래로 분석해 볼 때 명문학교 출신들을 우대하고 특채하는 제도와 관행은 얻음보다는 잃음이 많은 병폐가 아닐 수 없었다.

시험으로 뽑는 사무관급 이상의 고급공무원들 가운데 명문학교 출신들이 많이 합격했다고 해서 그 자체를 불공정하다고 말할 수는 없다. 엄격히 시행된 그 제도를 거쳐서 뽑혀진 사람들이 우수한 두뇌들이므로 정부에 기여하는 척도가 남다를 것이기 때문이다. 그러나 정부 수립 초기부터 우수한 공무원들을 영입한다는 명분을 앞세워 명문학교 출신들을 왕조시대의 음서제도와 비슷하게 정부 요직에 무시험으로 특채하는 그 관행이 공직사회에서 지금까지 연면히 이어지고 있는 것은 문제가 아닐 수 없다.

정부가 세워지고 많은 세월이 흘러간 지금까지 음성적으로 운용되고 있는 특채제도는 고급공무원 사회의 또 다른 현상으로 작용하고 있는 것이다. 이른바 명문고교와 명문대학 출신이 아닌 고시합격자나 가난 때문에 정규적인 학교 교육을 받지 못하고 검정고시에 합격해서 공무원으로 선발되었던 젊은이들에게는 이 명문 선호제도가 알게 모르게 승진과 영달을 가로막는 뜻밖의 장벽으로 작용하고 있는 것이다.

〈기회가 균등하다〉는 낱말은 뽑는 과정에서 응시자 누구에게나 기회가 똑같이 주어진다는 것을 뜻한다. 신체의 대소, 명문 비 명문, 제도권 교육의 이수 또는 미수, 잘 사는 사람이나 못사는 사람을 가릴 것 없이 누구든 모든 조건에 구애받지 않고 똑같이 경쟁대열에 참가할 수 있는 기회가 주어진다는 뜻이다. 그럼에도 공직사회에서 명문 선호 타령이 음성적으로 이어지고 있는 것은 지금까지의 역대 정부가 모든 공무원들에게 명문 선호 사상을 남모르게 베풀어 왔었기 때문이다.

오늘날 한국 정부와 한국 시민사회를 이끌어 가는 각 분야의 주역들 절반 이상이 명문고등학교와 명문대학 출신들이고 또한 보수 기득권 세력의 후예들이라는 사실은 세계선진국가로 발돋움하고 있는 한국 사회에 어두운 현상을 드리우고 있다. 이는 공직사회는 물론이고 경제 사회 문화 예술계 등 모든 분야에 걸쳐서 명문 출신이 아닌 사람들은 발을 붙일 틈이 아주 좁거나 제한돼 있다는 말이나 다름없기 때문이다.

이 글을 쓰는데 굳이 인용할 필요까지는 없지만 참작할만해서 한 분의 지식인을 예로 들어볼까 한다. 바로 도올이란 아호를 가진 김용옥 선생이다. 김 선생은 충남 천안의 의사 집안에서 태어나 서울의 보성중·고등학교를 나왔고 고려대학교 철학과를 졸업한 뒤 대만국립대학으로 유학하여 석사학위를 받았다. 그런데도 다시 일본의 동경대학으로 유학해서 신유학을 연구한 뒤 다시 미국의 하버드대학으로 건너가 〈주역〉을 해석한 논문으로 박사학위를 받고 돌아와 모교인 고려대학교 부교수로 임용되었었다.

김 선생을 이 글에서 다루게 된 것은 그가 개인적이긴 하지만 케이에스마크를 중시하는 생각에서 위에서 열거한 국내외 여러 대학을 옮겨 다녔기 때문인데 이런 사실은 자신이 쓴 〈여자란 무엇인가〉라는 책에서 스스로 고백하였다. 그러니까 그는 고려대학이라는 명문에 입학하여 졸업했지만 자기 형제들이나 조카들이 다녔던 경기 중 고등학교와 서울대학을 다니지 못했으므로 그것을 설움으로 여겼기 때문이었다.

그러니까 이런 명문 선호 현상은 너무나도 큰 앙화가 아닐 수 없다. 앙화는 언젠가 곪아서 터지게 된다. 화농이 되기 전에 칼질로 질병의 뿌리를 뽑아낸다면 큰 후유증을 겪지 않고도 상처가 치유될 수도 있으나, 이 질병 자체를 가볍게 보고 있거나 전혀 질병이라고 여기지 않고 손보지 않거나 별것 아니라고 모르는 척했다가는 큰 수술로도 고치기가 어렵고 생명마저 위태로울 수가 있는 것이다.

거슬러 올라가 보면 이 학벌 시새움이나 명문 선호 관행은 세상이 생겨난 뒤부터 이어지는 암울한 질병이기도 하다는 것이다. 역사시대 이래로 이 땅을 다스렸었던 명문거족들의 지배이데올로기는 수많은 왕조시대를 거쳐서 장삼이사로 분류되던 평범한 시민들이 나라의 주인이 된 민주공화국시대에도 전혀 변하지 않고 있는 것이다.

오늘날 우리 사회 곳곳에서 쉬지 않고 벌어지고 있는 제도권과 비제도권의 다툼, 공직사회를 비롯하여 재벌기업과 개인기업에서 인력을 부리는 사람과 상급자의 부림을 받는 고용한 사람들과 일하는 사람들의 불협화음, 이밖에 노동 현장에서 빚어지는 사용자와 노동자의 시새움, 영세한 토착 농민과 거대한 농지를 가진 신흥농촌 자본주와의 싸움이 모두 그 울타리를 벗어나서 존재할 수가 없는 것이다.

예를 들을 수도 있다. 국군에는 장교를 양성하는 사관학교가 있다. 정부를 운영하는 정치지도자들은 군대 조직을 모두 이 사관학교 출신 장교들만으로 운용하고 싶어 하지만 실제에서는 그렇게 될 수가 없다. 사관학교 출신만으로는 군대 조직을 이끌 장교수요의 삼 분의 일도 채우지 못하기 때문이다. 따라서 육해공군에는 각 군별로 사관학교를 따로 세워서 필요한 장교들을 양성하고 있지만 그것으로 숫자가 모자라 각급 대학교에 학군장교를 양성하는 특수제도가 존재하고 있으며 이와 달리 학사 출신 장교들을 수시로 특채하는 제도 또한 운용하고 있는 것이다.

그러나 위관 급에서 영관급 장교로 승진하고 영관급에서 다시 장성으로 진급하는 고급 장교들의 진급 비율이 능력 위주로 이뤄지지 않고 성골로 불리는 사관학교 출신들에게 쏠리고 있는 것도 문제점의 하나로 꼽히고 있다. 때문에 숫자로는 정규사관학교보다 몇 배나 많은 제삼사관학교나 학군장교 출신들은 영관급 이상의 장교로 승진하려고 해도 그야말로 바늘귀 같은 좁은 문을 통과해야 할 만큼 어렵다는 것이다.

때문에 명문과 주류만으로는 모든 조직을 이끌어 갈 수가 없다고 한다. 이것은 타고난 수재들만으로는 세상의 모든 일들을 해내기가 어렵기 때문이라는 속담과도 맞물리는 일이다. 특히 국가조직이나 군대조직을 이끌어가는 힘들고 어려운 일들은 오히려 비 명문 출신들이 능력 있게 처리하는 경우도 많다는 것이다. 그러니까 명문과 비 명문들이 머리를 맞대고 뜻을 모아야만 사회도 발전하고 조직도 정상적으로 굴러갈 수 있다는 것이다.

사관학교 출신자가 군 조직을 통솔하는 장군으로 승진하는데 우선권을 갖고 있을 뿐 아니라, 정부 고관을 등용시키는데 명문대학 출신 고시합격자들을 우선적으로 보임하는 특혜제도가 사라져야만 한다는 주장이 그래서 설득력을 얻고 있는 것이다. 또 검정고시를 거쳐서 공무원으로 임용된 사람들이 국가조직의 간성으로 중용될 수 있는 기회균등의 제도가 자리를 잡아야 국가조직이 시민들로부터 존경과 흠모를 받을 수 있을 것이다.

늦었지만 이제부터라도 우리 사회는 그런 민주적인 기본질서가 자리를 잡아나갔으면 좋을 것이다. 이것은 명문 출신을 홀대하라는 주장이 아니고 관행으로 굳어진 우대의 진폭을 과감하게 좁혀야 된다는 제안이다. 그들을 우대하는 관행이 굳어지고 그들이 전횡하는 지금의 우리 사회는 정말로 불공정 불평등하면서 국가권력이 지극히 일부에 편중돼 있어서 보통 사람들은 전혀 삶의 희망을 가질 수 없기 때문인 것이다.

김대중 대통령의 국민의 정부가 들어서면서 시작된 한국 사회의 고질적 병폐인 〈학력 철폐제도〉가 노무현 대통령의 참여정부에 들어서서야 공식적으로 완성되었다. 그것은 팔십칠년 민주항쟁 이후에 들어선 민주정부 〈십 년〉 동안에 이룩된 큰 거둠이라고 말할 수 있다. 정부가 공식적으로 모든 공무원 시험의 응시조건이었던 〈학력〉 필수조항을 과감하게 철폐했으며 아울러 정부산하의 모든 국영기업체는 말할 것도 없고 개인 기업들도 점진적으로 이 규정을 준용하도록 종용하고 있는 것이다.

그러나 그것으로 공정하고 평등한 사회가 모두 이룩된 것은 절대 아니다. 고작 이 나라에서 태어난 시민이면 학벌에 구애받지 않고 누구나 공무원 시험에는 응시할 수 있게 됐다는 그 기회균등의 발판이 마련됐을 뿐이다. 이 나라의 시민이 희망한다면 학력에 구애받지 않고 누구나 모든 공무원을 뽑는 시험에 응시할 수가 있고 다행히 합격이 된다면 공무원이나 공직자로 임용될 수 있는 자아 성취의 길이 제도와 규정상으로 열린 것일 뿐이다.

그러나 시험에서 뽑혀진 사람을 정부기관이나 국영기업체가 채용하는 과정에서 임용을 주저하거나 머뭇거린다면 그것을 제어할 뚜렷

한 장치가 아울러 마련되지는 않았다. 또 재벌들이 운영하는 대기업들이 응시자격에서 철폐된 학력 사항을 면접이나 최종 선발과정에서 준용한다면 그것 또한 막을 길이 아직은 없는 것이다. 따라서 이 학력 철폐 제도의 성공 여부는 정부의 적극적인 계도와 권장에 아울러 조직을 운용하는 관계자의 철두철미한 운영에 달려있다고 볼 수밖에 없다.

천구백사십팔년 해방과 더불어 대한민국 정부가 세워진 뒤 공무원 임용 규정에서 이 학력 사항 하나를 공식적으로 철폐하는데 걸린 세월만 자그마치 〈오십 년〉이었다. 참으로 기가 막히는 일이다. 얼마나 명문 출신과 기득권 세력의 반발과 항거가 거셌으면 그토록 오랜 세월이 걸렸을까. 그러나 그 한 줄짜리 규정이 사라짐으로써 독학과 자습이라는 힘든 길을 걸어온 가난한 집 젊은이들과 비 명문학교 출신들이 가슴을 활짝 펴고 밝은 내일을 꿈 꿀 수 있게 되었다는 사실은 기쁘고 박수칠 일이다.

그러나 이명박 정부가 들어서면서부터 진보적인 교육단체들의 강력한 반발에도 아랑곳하지 않고 명문대학 진학의 지름길인 자사고와 외국어고 국제고 등이 교육부에 의해서 전국적으로 계속 증설되고 있다. 이것은 권력과 금력을 가진 보수 기득권 세력과 권력을 가진 부유층 자녀들에게 합법적으로 영재교육의 특권을 부여하려는 친일 세력과 보수 세력들의 빗나간 망국적 교육정책이 아닐 수 없는 것이다.

천구백칠십년대에 도입된 〈고교평준화〉 정책은 이 나라의 학생들이면 누구나 똑 같은 교육을 받을 수 있다는 하나의 권리장정이나 다름없었다. 그러나 시행 이후 삼십여 년이 지나고 여러 정권들을 거치면서 그 교육정책은 이미 누더기가 될 만큼 멋대로 손질이 가해졌고 지금은 본래의 취지였던 고등학교 평준화의 알맹이는 모두 사라지고 빈껍데기만 남고 말았다는 것이 일반사회의 무서운 여론이고 평가이다.

남아 있는 이 껍데기 정책으로는 아무것도 기대할 수가 없다. 교육의 빈익빈 부익부가 더 심화될 뿐이다. 가난해서 학교교육을 받지 못했지만 주경야독으로 검정고시와 사법고시에 합격하여 법조인이 되고 정부 부처의 고급공무원으로 발탁됨으로써 우리 사회에 떠돌았던 〈개천에서 용이 났다〉는 아름다운 민간설화도 다시 나타날 수가 없는 것이다.

모든 가치를 돈으로 저울질 하는 미국의 신자유주의가 도입된 지금 대한민국에서 정직한 정치, 올바른 사회를 이끌어 가는 교육이란 나무를 엮은 그물로 고기를 잡겠다는 태고시대의 어리석음이나 다름없이 되어버린 것이다. 참으로 안타깝기만 하다.

(2007.1.10.)

숭늉의 맛

요즘엔 가정집이나 사무실을 비롯하여 어느 곳을 가던 쉬울세라 마시게 되는 마실 거리가 커피이다시피 하고 그 것이 현대를 살아가는 생활인들의 인사치레가 된 세상이다. 볼일이 있어서 장터에 있는 지방자치단체의 일터나 그 이웃에 있는 상공업소의 점포를 찾아갔을 때 그리고 물건을 사려고 시장 안의 가게 출입문을 들어서게 되면 누구를 가릴 것 없이 어김없이 대접받게 되는 것이 종이 잔에 담겨져 나오는 〈믹스커피〉인 것이다.

몇 해 전까지만 해도 관공서라 불리던 시청이나 군청이나 읍사무소 같은 관청의 사무실에는 윗자리에 있는 사람들을 비롯하여 일하고 있는 직원들이 목이 마를 때 마실 먹을거리로는 볶은 보리차 홍차 결명자차 같은 것들이 마련돼 있었다. 또 장터의 음식점이나 상점 같은 곳에서도 물건을 사러 찾아오는 손님들에게 내밀어서 대접하였던 것은 기껏 흔해빠진 알사탕 아니면 미국 사람이 즐겨 씹는 〈껌〉이었는데 어느 무렵부터인가 그런 것들이 슬그머니 사라지면서 커피가 나타났고 다시 얼마가 지나지 않아서는 여러 가지 〈음료수〉를 마음대로 골라 사 먹을 수 있는 자동판매기까지 나타나게 되었다.

그러니까 우리 한국인들이 가난하게 살아오던 오륙칠십년대에는 이런 풍성한 세상의 모습을 전혀 바라볼 수가 없었다.

분단의 고통 속에서 남북에 살고 있던 우리 겨레들은 정처 없는 동족상잔의 한국전쟁을 삼 년 동안이나 치를 수밖에 없었기 때문에 시민들 또한 궁핍 속에서 풀뿌리와 나무껍질을 벗겨 먹다시피 하고 살 수 밖에 없었다. 그때는 옛날부터 잘 살아오던 지주와 부자들과 고위공직자들을 빼놓은 보통 시민들은 거의가 굶주림에 허덕이지 않을 수 없었다. 사람이 살아가자면 아침 점심 저녁 등 하루 세끼의 밥만은 제대로 얻어먹어야 했었지만 한바탕 전쟁을 치른 뒤 굶주리고 살아왔으니 밥 먹은 뒤의 입가심 같은 것은 그야말로 감불생심의 사치스런 일이었다.

그런데 팔십년대와 구십년대를 거쳐 이천년대로 들어서면서 어느 쪽이 먼저였는지는 헤아리기 어렵지만 지방자치단체와 기업들과 상공업자들이 공공기관과 시장안의 상가를 들락거리는 시민들을 〈손님〉으로 바라보기 시작하게 되었다. 그러니까 경제성장으로 정부의 살림살이가 넉넉해지고 시민들 나름의 소득과 씀씀이가 늘어나면서 미국을 비롯한 선진국들의 소비문화가 우리네 생활 속으로 스멀스멀 파고든 것이라고 볼 수 있다.

누구나 잘 아는 일이지만 우리 겨레는 옛날부터 밥을 먹은 뒤에는 입가심으로 밥 〈숭늉〉을 먹어왔었다. 밥을 퍼낸 뒤 밥솥 바닥에 눌러붙은 밥 누룽지에다 미리 받아놨던 쌀뜨물을 부어서 팔팔 끓여낸 숭

눙은 영양성분으로 분석해 봐도 그 지수가 높았겠지만 맛이 참으로 구수하였다. 숭늉 가운데서도 흰쌀밥을 퍼낸 뒤의 숭늉은 으뜸가는 먹을거리나 다름이 없어서 잘사는 집이나 못사는 집을 가리지 않고 모든 가정에서 밥을 먹은 뒤의 마실 거리로 오랫동안 많은 사랑을 받아 올 수밖에 없었다.

이 기막힐 만큼 구수한 맛의 숭늉이 지금 우리의 생활 속에서 야금야금 사라지고 있는 것이나. 아니 사라지는 것이 아니라 거의 사라졌다고 봐야 옳을 것이다. 그러니까 재래한옥의 부엌에서 장작이나 연탄 같은 땔감을 때서 밥을 해 먹던 한국인들의 주식생활문화가 층층살림집이 늘어나면서 어느 틈엔가 온돌용 구들과 밥을 해 먹는 재래식 부엌이 사라지고 밥해 먹는 곳의 구조가 완벽하게 서양식 〈주방〉으로 바뀌었고 조상들로부터 내려받아 온 숭늉을 만들어 먹던 버릇이 뜬금없이 사라지고 만 것이다.

천구백칠십년대 후반부터 본격적으로 들어서기 시작한 새로운 주거공간인 층층 살림집에서는 거의가 전기밥솥이나 무연탄을 쓰는 압력밥솥으로 밥을 해 먹게 되었으므로 팔십년대 초반까지는 누룽지를 눌려 먹는 집들이 눈에 띌 만큼 더러 남아있었다. 그러나 서구화한 우리의 밥상에 커피와 우유를 비롯한 수많은 서양의 마실 거리가 새롭게 들어와 자리를 잡게 되면서 전통으로 여기던 숭늉 만들어 먹는 버릇을 자신들도 모르게 잃어버리게 된 것이 아닌가 하는 생각이 든다.

참으로 안타까운 일이 아닐 수 없다. 이런 흐름이 모든 가정에 스며들었지만 커피가 입에 알맞지 않는다면서 숭늉을 마시겠다고 저항하거나 고집을 피우는 사람들은 거의 볼 수가 없었다. 이미 생활공간의 주거문화가 서양식으로 바뀌었을 뿐 아니라 우리들 자신이 어느 사이엔가 그 문화에 길들여지고 있었던 것이다. 그러니까 오천 년 이상 이 땅에서 살아온 한국인들이 먹어온 음식문화의 한 상징이 숭늉이었지만 어쩔 수 없이 새로 나타난 커피에게 자리를 내어준 채 눈 밖으로 밀려나고 말았던 것이다.

〈숭늉〉을 비롯하여 우리의 재래적인 식생활 문화가 갑자기 불어온 외래식문화에 뒤틀려버린 바탕은 어디에서 찾을 수 있을까, 아무래도 천구백오십년 한반도에서 일어난 남북전쟁에 참전한다는 명분으로 한국 땅에 상륙했던 미국을 비롯하여 자유우방이라는 세계 열여섯 개 나라의 외국 군인들 때문으로 봐야 할 것 같다.

아무튼 악랄한 일본 제국주의자들의 오랜 식민통치에서 벗어나고 얼마가 지나지 않아서 우리의 국토가 남북으로 잘라졌을 뿐 아니라 우리 겨레들끼리 전쟁을 벌인 동족상잔의 비극까지 겪은 끝에 갑자기 밀려온 여러 갈래의 서양문명들이 솜털같이 이어져 오던 우리의 알뜰하고 순박했던 세시풍속과 음식문화를 온통 들쑤셔 놓고 말았다고 볼 수밖에 없는 것이다.

한국전쟁이 휴전으로 마무리 되면서 이 땅에는 곧바로 산업사회가 열리기 시작했고 서구식 자본주의에 이어서 신자유주의 시장경제 바람이 잇달아 불어오면서 할리우드 영화의 스크린 속에서만 볼 수 있었던 화려한 서양의 〈레스토랑〉과 〈카페〉 문화들이 이 땅에 들어와서 똬리를 틀기 시작했고 런치 비후스테이크 함박스테이크 같은 미국 음식들이 한국인들의 입맛을 마비시키더니 육십년대부터 출현한 〈라면〉과 팔십년대 들어 도입된 햄버거 같은 서양의 〈패스트푸드〉 같은 외식문화가 오래된 우리의 먹을거리들을 일시에 밀어내는 회오리 같은 바람을 일으켰다고 봐야 옳을 것이다.

쌀밥과 된장국에 푸성귀를 바탕삼아 채식을 먹어오던 우리 한민족이 빵과 우유와 고기 같은 육식을 아우르는 영양식을 많이 먹게 되면서 내림으로 이어지던 식생활의 줄기가 저울추를 잃어버리고 만 것이다. 이 때문에 주곡으로 먹어오던 쌀의 재배면적은 오륙십 년대에 비해서 몇 갑절이나 줄어들었다는 통계인데도 농촌지역에 흩어져 있는 농업협동조합 창고에는 농민들이 비지땀을 흘려가며 생산한 쌀의 재고량이 엄청나게 남아돌고 있다는 가늠할 수 없는 매스컴의 보도가 잇달아 발표되고 있는 것이다.

정확한 수치는 알 수 없지만 지금은 농촌지역에 살고 있는 나이 많은 농민들을 뺀 모든 도시인들이 재래식 먹을거리들을 외면하고 거의가 서양식으로 식단을 바꿔서 살아가고 있다고 말해도 별로 지나치지 않을 것이다. 아침에 빵을 먹고 우유를 마실 뿐 아니라 점심과 저녁에도 집에서 밥을 지어먹는 사람보다는 집 밖의 음식점 같은 곳에서 소고기와 돼지고기 양고기 닭고기 오리고기 같은 여러 가지 육식으로 끼니를 에우는 경우가 많다는 것이니 현기증이 일어날 만큼 아찔한 현상인 것이다.

이런 서양식 식생활 바람에 휘둘렸기 때문인지 지금은 논이나 밭에서 농사를 짓는 농민들도 쉴 참에는 다른 마실 거리들을 멀리하고 거의가 〈믹스커피〉를 옛날의 밥 숭늉 마시듯이 한다는 것이다. 또 여러 계층의 일터에서 땀 흘려 일하는 머리를 쓰는 일꾼들과 몸을 쓰는 일꾼들도 숨을 돌리려고 쉬는 짬에는 말할 것도 없고 점심이나 저녁밥을 먹은 뒤에도 거의가 서양 사람들이 먹는 커피를 무슨 〈보약〉이라도 되는 듯이 옛날의 숭늉 먹듯이 마신다는 것이다.

그뿐 아니다. 눈만 뜨면 농촌마을의 경로당에 모이는 연세가 높은 노인들도 믹스커피를 상자 째로 들여다 놓고 심심파적으로 마시고 있다고 하는데 이것은 버릇으로 굳어진 탓으로 봐야지 마땅히 마실만 한 다른 음료가 없어서라고 볼 수는 없을 것이다. 그러니까 음식점 같은 곳에서 돈 안 받고 인사치레로 주는 커피에 오랫동안 길들여진 입맛 때문에 이제는 농촌 사람들도 음식을 먹은 뒤에 의례 입가심으로 커피를 마시지 않으면 입 속이 영 개운치가 않다고 투덜대기까지 할 만큼 버릇으로 굳어진 것이다.

커피에 담겨져 있는 요소들이 사람의 몸에 좋고 나쁘고의 문제가 아니다. 오천년 역사를 가졌다는 우리 겨레가 조상 때부터 밥과 함께 먹어오던 그윽한 맛의 밥 〈숭늉〉 맛을 잃어버리고 살아간다는 것이 자꾸 억울하게 느껴지는 것이다. 이제는 우리의 기억에서 조차 점점 잊혀져 가고 있는 그 구수한 숭늉의 맛이 마냥 그리워지는 것이다.

(2006.12.3.)

어진 사람들

며칠 전이다. 아침에 배달된 신문을 펼쳐보니 여러 가지 길고 짧은 뉴스 가운데서 참으로 갸륵하고 아름다운 이야기 한 꼭지가 눈에 띄었다. 팔십을 넘긴 할머니 한 분이 평생 벌어서 쓰지 않고 차곡차곡 쌓아놓았던 자신의 전 재산이라고 할 큰돈인 칠천만 원을 가난한 학생들의 장학금으로 써달라고 어떤 대학교에 아무런 빌미를 달지 않고 덥석 내놨다는 사연이었다.

기사의 내용을 더 읽어보았다. 그 할머니는 아들딸은 말할 것도 없고 일가친척도 없는 외로운 홀몸인데다 배운 것이 없어서 혼자 몸으로 일생을 남의 집 허드렛일을 해 주거나 잘사는 집의 더부살이로 억척스럽게 살아왔었는데 나이 팔십을 넘기면서 머잖아 이 세상을 뜨게 될 것을 짐작하고 자기가 지금까지 아껴 먹고 아껴 쓰면서 모아놓았던 모든 재산을 이 세상에서 고생스럽게 살아가고 있는 고학생들에게 내놓은 것이다.

이 할머니의 어진 행동과 비슷한 일을 우리는 이따금 신문이나 방송의 보도를 통해서 듣고 봐 왔으며 그럴 때마다 훈훈한 인정에 감격하지 않을 수 없었다. 그런데 자신이 억척스럽게 벌어서 안 쓰고 모아놨던 큰돈을 장학금이나 불우이웃돕기 같은 성금이란 이름으로 이 세상에다 내놓는 주인공들은 분명히 때마다 각기 다른 사람들이었지만 그 사연이나 처지는 거의가 비슷했다는 사실이다.

그 어른들은 거의가 기댈 곳이 없어서 세상을 홀로 외롭게 살아왔을 뿐 아니라 젊을 때는 가난 때문에 살아오느라고 고생을 지지리도 많이 했던 사람들이었다. 그리고 노년에 이르러서도 가난의 굴레를 벗어나지 못하고 여전히 외롭게 살아왔다는 것이다. 그럼에도 자신과 비슷하게 세상을 힘들게 살아가고 있는 불우한 사람들을 위해서 자기 인생의 모두가 녹아있다시피 한 전 재산을 송두리째 내놓는 용기를 냈었던 것이다.

그러니까 가난한 사람들을 돕는 사람들이란 돈을 많이 가졌거나 권력을 휘두르는 지배적인 자리에 있는 사람들보다는 고생을 몸소 체험했으며 상대적으로 가난할 뿐 아니라 사회적으로는 남의 도움을 받아야 할 만큼 불쌍하게 여겨지는 가난한 사람들이 더 많다는데 감격하지 않을 수 없는 것이다. 옛날이나 지금이나 가난한 사람들을 돕는 것은 또한 변함없이 어렵게 세상을 외롭게 살아가는 사람이거나 몸소 가난을 체험해본 똥구멍이 째지게 어렵게 살아온 사람들이라는 사실이 가슴을 울린다.

이렇게 우리 사회를 위해서 착한 일을 오래전부터 실천해오는 어른 가운데서 세상에 많이 알려진 사람은 서울의 노량진 수산시장에서 젓갈 장수를 하는 유양선 할머니를 꼽지 않을 수 없다. 아는 사람은 다

아는 일이지만 그 할머니는 수십 년 동안 젓갈 장사로 번 돈을 차곡차곡 모아서 불우한 학생들의 장학금으로 계속 내놓고 있는 것이다. 그 장학사업을 시작한 지가 이미 오래되었고 지금도 변함없이 이어서 하기 때문에 그런 일에 조금만 관심을 가진 사람들이면 그 할머니의 선행을 모를 수가 없을 것이다.

젊은 시절부터 홀로 젓갈 장수를 시작하여 지금에 이르렀다고 하는 유양선 할머니가 오랫동안 이런 착한 일을 이어서 베풀다 보니 이미 오래전에 할머니로부터 장학금을 받아서 중고등학교와 대학에서의 교육을 마치고 어엿한 사회인으로 성공하여 세상에 나와서 자립한 고학생들이 그 수를 헤아릴 수 없이 많다고 전해지고 있다.

유양선 할머니는 처음에 큰 목돈을 한꺼번에 어느 대학교에다 장학금으로 몽땅 내놓고 그 돈을 수혜자에게 전달해주기 위해서 직접 장학금을 받는 학생을 만나본 뒤부터는 이런 나누는 일을 한두 번 하고 말 것이 아니라는 생각이 들어서 그 뒤부터는 아예 〈장학사업〉에 여생을 바치게 되었다는 것이다. 유 할머니는 그로부터 자신이 살던 집을 팔아서 장학금으로 내놓은 것은 말할 것도 없고 지금 꾸려가고 있는 노량진 수산시장의 젓갈 가게에서 얻어지는 수익도 거의 불우한 학생들의 학비로 내놓는 것으로 소문나있다.

이 유양선 할머니 말고도 불우한 학생들을 위해 평생 벌어서 모았던 큰돈을 선뜻 사회에 내놓은 갸륵한 어른들은 숫자를 헤아리기 어려울 만큼 많다. 어떤 할머니는 평생 콩나물 장사를 해서 모은 뭉치 돈을 모두 내놨고 또 다른 어떤 할머니는 삯바느질로 모은 큰돈을 가난한 학생들의 장학금으로 기탁했었던 것이다. 그런데 그 어른들을 남녀별로 나눠보니까 뜻밖에도 남성보다는 여성이 많았다는 사실은 어떻게 풀어봐야 할까?

물론 엄청나게 많은 숫자의 할아버지들도 우리 사회의 불우이웃을 돕거나 가난한 학생들을 돕는 장학 사업에 참여하였고 지금도 그런 일을 계속하는 분들이 있을 것이다. 그러나 액수보다는 숫자로 할머니들이 더 많았다는 사실이다. 그런데 자신이 벌이는 장학사업이나 착한 일을 남에게 당당하게 알리는 어른들이 있는가 하면 자신의 모습은 감추고 숨어서 착한 일을 실천하는 어른들도 있었다. 그러나 공통적인 것은 그런 훌륭하고 갸륵한 일을 하시는 어른들은 한결같이 가난하게 살아오셨던 분들이거나 본래부터 돈을 많이 지니고 있는 사람들이 아니었다는 점이 같았다.

세상의 불우한 사람들을 위해서 큰돈을 쓰기로 말하자면 나라 안에서는 예 간다, 제 간다 하는 큰손에 꼽히는 재벌기업의 주인들이 제일 먼저 앞줄에 서야 할 것이다. 이 땅의 겨레들에게 민족기업이라고 알려진 규모 큰 기업들은 시민들이 오랫동안 그들이 만들어낸 여러 가지 상품들을 써줬기 때문에 그걸 바탕으로 엄청난 부를 이뤘으므로 이제는 그 기업의 주인들이 큰 뭉치의 돈을 힘겹게 세상을 살아가고 있는 가난한 사람들에게 내놓아야 할 차례가 되었다고 말할 수가 있는 것이다.

그러나 이런 차례가 재산의 사회 환원이라는 대목에 이르러서는 절대로 잘 지켜지지 않고 있는 것이 현실이다. 한국 사회에서 재벌기업이라고 불리는 회사의 주인들과 재산가들은 남몰래 불우이웃을 돕거나 재난과 재해를 입은 사람들을 돕는데 쓰라고 액수 많은 돈들을 절대 내놓지 않는다는데 또한 한가지로 공통점이 있는 것이다.

재벌기업들이란 대체로 연말연시거나 지진 태풍 같은 어떤 국가적인 재난이 발생했을 때 정부에서 엄청난 힘으로 밀어붙이거나 앞장을 서는, 이를테면 상당한 이득의 반대급부가 있거나 자기들이 돈 쓴 것이 세상에 널리 알려져서 크게 생색이 나는 정책적인 사업이나 이벤트에만 마지못해 성금 형식으로 목돈을 내놓고 있을 뿐이다. 그러니까 내놓는 돈에 비교해서 얻어지는 것이 석서나 선혀 없는, 말하자면 장삿속이 별로 없다고 생각되는 곳에는 절대로 큰돈을 내놓지 않는다는 사실이다.

요즘에도 티브이 방송을 보면 불우한 이웃을 돕는 사랑의 프로그램이 자주 비춰지고 있다. 쨰지게 가난하거나 악성 질병에 걸린 불우한 사람들을 찾아내서 그들이 스스로 어려운 환경을 헤치고 나오도록 삶의 도움을 주는 희망 넘치는 내용이다. 그 프로에 주인공으로 소개되는 사람들의 대부분은 신문방송사가 접수한 불우이웃돕기 성금의 일부를 지원받아서 다시 일어설 수 있는 재생의 발판을 마련하게 되거나 본인의 부담 없이 병원치료를 받게 하는 등의 도움을 받고 있는 것이다.

그러니까 이런 불우하고 가난한 사람들을 돕기 위한 매스컴들의 보도들은 우리 사회에 나름대로 큰 기여를 하고 있다. 그런 신문보도나 방송 프로그램을 본 개미손이나 다름없는 시청자들은 그때마다 전화로 한 통화에 얼마씩으로 한정된 성금을 보탰으며 또 보도된 신문기사와 방송보도를 보고 읽고 감동한 독자와 시청자들이 신문 방송사로 기부 성금을 보내게 하는 메신저 구실을 나름대로 하고 있는 셈이다.

그러나 이름이 널리 알려진 정치인들이나 일부 재벌기업의 주인들, 그 밖에 많은 돈을 가진 상류사회의 부자들이 거창하게 사회사업을 한다거나 재산의 사회 환원이란 이름을 걸어놓고 세상에 내놓는다는 목돈들을 살펴보면 참으로 안타깝기 그지없이 알량하다. 기탁한다는 돈의 액수도 그네들이 가지고 있다고 알려진 재산에 비해서 별로 크거나 많지 않을뿐더러 내놓는 방법들이 대체로 치사하고 옹졸해서 전혀 고마움을 느낄 수가 없는 것이다.

대개가 얼마쯤의 목돈을 내놓고 무슨 〈문화재단〉이라는 거창한 법인체를 만들어 가지고 자기들의 친인척들이나 패거리들로 살림꾼들을 짜는 등 사실상 자기들이 재단의 운영을 멋대로 할 수 있도록 꾸며놓은 뒤에는 엄청나게 큰 재산을 사회에 환원이나 한 것처럼 떠들썩하게 매스컴들을 앞세워서 광고까지 하는 것이 상투적인 버릇인데, 이런 치사한 행위들이란 이미 오래전부터 재벌이나 부자들이 세금을 아끼거나 세금을 안 내기 위한 고약한 한 방안으로 알려져 왔으니 참으로 웃기는 일이 아닐 수 없다.

그런 돈 가진 사람들의 못돼먹은 꿍꿍이속은 이제 평범한 우리 시민들 모두가 널리 다 알고 있는 사실이다. 한국의 재벌 중에서 오래전부터 그런 문화재단 한두 개 만들지 않은 사람이 없을 정도이기 때문이다. 대체로 돈 많은 사람들은 세금을 덜 내기 위해서, 또는 세금을 내지 않고 자녀들에게 그 엄청난 재산을 물려주기 위해서 그런 겉 다르고 속 다른 편법과 탈법과 위법을 마구 자행하고 있는데도 그런 나쁜 짓들을 못하게 하거나 그런 짓거리들을 찾아내서 엄중한 벌을 줘야 할 준법기관들이 손을 놓고 모르는 체 하고 있는 게 오늘 우리가 살아가고 있는 세상인 것이다.

모르는 체만 하면 두 번째는 간다. 연말연시에는 상류사회의 저명 인사들이라는 사람들이 기계적으로 기탁하는 푼돈을 받아가지고는 어느 재벌 그룹이 얼마쯤을 내놓았고 또 다른 재벌은 얼마를 기부했다는 식으로 정부가 매스컴 쪽에다 보도할 자료를 제공하고 공익을 지킨다는 언론들은 그걸 받아들여서 우리 사회가 감동할 엄청난 〈미담가화〉나 된다는 듯이 떠들썩하게 보도하는 목불인견의 저지레까지 치고 있는 것이다.

솔직하게 말해서 그런 것들이 부의 사회 환원이나 투척은 아니다. 그걸 가려내지 못할 만큼 대한민국의 시민들이 무식하거나 어리석지도 않은 세상이다. 그런 우스개 같은 짓거리는 이제 나이 어린 아이들도 믿지 않게 된 세상이다. 그런 수법이야말로 시민의 구십 프로 이상이 풀을 베는 낫과 기역 자를 구분할 줄 모르던 해방공간이나 이승만이 독재를 휘두르던 자유당 정권 시절인 이른바 쌍팔년도에나 나돌던 낡은 수법들이기 때문이다.

차라리 돈을 내놓지 않는 것이 더 당당하다. "한 때는 사회 환원의 차원에서 기부할 생각이 있었지만 그 뒤로 다시 곰곰 생각해 보니까 내가 번 돈이 너무 아까워서 도저히 내놓을 수가 없다. 정말 미안하다"라고 솔직하게 고백하면 시민들 누구든지 땀을 흘려서 벌었든 땀 한 방울 흘리지 않고 벌었든 자기 이름으로 돼 있는 자기 재산을 자기가 못 내놓겠다는데 제삼자들이 이러쿵저러쿵 비난하거나 지껄일 일은 아니므로 충분히 그럴 수 있는 일이라면서 허허 웃으며 받아들이고 말 것이다.

따라서 신문이나 방송 같은 매스컴에 나오는 불우하고 불쌍한 사연을 접하고 전화기를 돌려서 작으나마 성금을 보내고 있는 이름이 알려지지 않은 수많은 〈개미손〉 같은 기부자들에게 존경의 박수를 보냄과 아울러 스스로 가난하게 살아 왔었기 때문에 가난한 사람을 모른 체할 수 없어서 돕고 있는 결코 유명할 수 없는 수많은 할머니와 할아버지들에게 존경과 흠모를 보내지 않을 수 없는 것이다.

(2009.7.16.)

다산과 홍임 어미

천구백구십구년이니 벌써 이십여 년 전의 일이다. 그때 성균관대학교에서 한문학을 가르치던 임형택 선생이 어떤 날 평소에 자주 드나들었던 서울의 한 옛 책방에서 이런저런 책들을 뒤적이다가 붓으로 쓴 열여섯 수의 〈남당사〉라는 한시 한 묶음을 찾아내게 되자 그 시 속에 어떤 사연이 담겨있는지 알뜰하게 살펴보았다는 것이다.

그 얼마 뒤에 임 선생은 “이 한시의 지은이를 누구라고 꼭 집어서 밝히기는 어렵지만 그때 전라도 강진 땅에 살고 있었던 한 선비가 썼던 것으로 보인다고 풀이하면서 그 선비가 그 곳으로 유배를 내려왔었던 어떤 학자를 가까이에서 뒷바라지하던 가련한 한 여인의 일생을 지켜보고 그 사연을 남당사라는 제목의 시로 엮어놨었던 것으로 짐작된다고 말했다는 것이다.

〈남당사〉 속에 들어있는 이야기를 간추려 보면 이렇다. 그 여인이 유배지에 내려온 학자님과 어떤 인연으로 만나게 되었는지 그 밑절미는 자세히 밝히지 않았으나 이 여인은 눈앞에 나타난 병약한 학자를 못 본체 할 수가 없어서 시중을 들던 끝에 그 학자와 칠팔 년 동안을 내외간으로 함께 살았으며 나중에는 그의 혈육인 홍임이라는 이름의 딸까지 낳아서 길렀지만 어울릴 수 없는 신분 차이 때문에 두 사람의 간곡한 사연이 끝내 세상에 드러나지는 못했던 것으로 보인다는 것이었다.

전라도 남해안 강진 땅의 남당포라는 작은 갯마을에서 태어나서 자란 그 여인이 유배를 내려온 학자를 만나게 되었던 때는 학자의 몸이 죽음 직전의 위태로운 무렵이었다. 오랜 적소 생활을 해오면서도 이를 생각하지 않고 무리하게 많은 독서와 서책을 집필했기 때문인지 손발도 제대로 가누지 못할 뿐 아니라 말도 남들이 알아듣기 어려울 만큼 어눌했던 그 학자의 음식섭생과 입성수발을 그 여인이 도맡아 했었다는 것이다.

〈남당사〉를 자세히 살펴보면 수발을 드는 여인을 "조관을 지낸 훌륭한 학자님의 첩실"이라고 마지못해서 밝히고는 있지만 그와 반대로 그 여인은 학자와의 만남을 봉황과 갈가마귀에 비유하면서 "천박한 몸에 내린 지나친 복록"이라고 말 할 만큼 자신의 몸을 한껏 낮추어 말했다는 것이다. 그러니까 그 여인에게 있어서 학자님은 "큰 벼슬을 지낸 높은 어른이었고 문장에 뛰어날 뿐 아니라 남다른 글재주를 지닌 훌륭한 어른이었으므로 두 번 다시 만나기 어려운 분"으로 생각하였다고 적혀있다는 것이다.

그렇다면 그때 나라 안에서 전라도 강진 땅으로 유배를 내려가서 오랫동안 적소 생활을 했었던 학문이 고매한 학자 가운데는 어떤 인물들이 있었을까? 그 남당사의 실제인물은 과연 누구였을까? 궁금하지 않을 수 없다. 우리가 쉽사리 헤아려 보면 그때 그곳으로 내려가서 오랫동안 유배 생활을 했던 학자로는 다산 정약용 선생의 이름이 첫 번째로 어른거린다.

이밖에 다산 선생의 〈매조도〉에는 "묵은 가지 다 썩어 그루터기 되려더니 푸른 가지가 뻗어 나와 꽃을 피웠구나"라는 싯귀가 나타나 있으므로 그것을 다산과 남당사 속에 나오는 소실 홍임 어미와의 만남으로 연결지어볼 수도 있기 때눈이다.

이렇게 헤아려보면 홍임 어미가 처음 유배지의 어른과 인연을 맺었을 때는 다산이 〈목민심서〉를 비롯하여 〈시경강의〉 같은 열두 책을 저술하느라 몸과 마음이 극도로 피폐해 있을 때였고 〈논어고금도〉 등 다산의 대표적인 저술들은 홍임 어미를 만난 뒤에 쏟아져 나온 것으로 헤아려지기 때문에, 그 시는 홍임 어미와 다산의 관계를 옆에서 지켜봤기 때문에 누구보다 잘 알았던 강진 고을의 이름을 밝히지 않은 어떤 선비가 썼다고 보는 것이 전혀 엉뚱한 넘겨짚음은 아니라는 것이다.

그렇다면 시 〈남당사〉를 실제로 쓴 사람은 누구일까? 그리고 그 남당사는 홍임 어미의 실체를 얼마 쯤 그려낸 것일까? 어쨌거나 이 시를 읽고 풀이 글을 붙여서 이런 사연의 시 작품이 전해지고 있음을 세상에 처음으로 알린 임형택 선생은 지은이를 그냥 홍임 어미와 다산과의 사연을 깊이 알고 있는 강진 땅 어떤 문인의 작품으로만 미뤄보기만 한 것이다.

그런데 이쯤에서 서둘러 밝힐 수밖에 없는 것은 다산이 오랜 유배 생활에서 풀려나 지금의 남양주시 조안면 능내리의 마재 옛집으로 돌아온 뒤 소실이었던 홍임 어미가 딸에게 아버지를 만나게 해주려고 한양 천 리 길을 떠나와서 본가로 돌아간 다산을 찾아갔었지만 딸 홍임이는 그리웠던 아버지를 다시 만나지 못한 채 대문 앞에서 쫓겨나 쓸쓸히 강진 땅으로 다시 되돌아 갈 수밖에 없었던 사연이 적혀 있다는 것이다.

그러니까 우리가 나름대로 짐작하는 것이지만 홍임 어미는 다산 선생이 거처하는 〈여유당〉 집안에는 들어서지도 못하고 내쳐진 것은 아니었을까? 다산은 조선시대를 통틀어 열 손가락 안에 드는 이름 있는 실학자이자 높은 관리를 지냈었으며 당대에 높이 받들어졌던 양반집안의 어른이었기 때문에 그 이름이나 위상에 흠결이 가는 그 어떤 일들도 그의 일가붙이인 정씨 집안사람들이나 다산의 자손들은 받아들일 수가 없었을 것이다.

따라서 홍임 어미가 강진 땅을 떠나와 지친 몸으로 마재 마을에 닿아서 자신이 홍임이를 데리고 왔다는 귀띔을 보냈었거나 집으로 찾아갔었다고 하더라도 그의 간절한 사연이 다산의 귓전에는 전해지지는 않았을 것이고 따라서 다산과 그의 혈육인 홍임이는 부녀상봉을 하지 못한 채 어미의 손에 이끌려서 다시 고향 땅으로 되돌아 갈 수밖에 없었을 것이라는 헤아림이 지금 사람들의 생각이 아니겠는가.

오늘날 우리들이 민주주의 사회를 만들어 놓고 누리고 있는 자유와 평등의 눈어림으로 헤아려본다면 다산을 찾아왔던 홍임 모녀는 이것저것 따질 것 없이 너른 터전을 차지하고 있는 널찍한 여유당 안으로 불러들여졌어야 옳을 것이고, 그 집의 본채가 비좁았다면 행랑채 같은 별채에 있는 허름한 방 한 칸이라도 비워서 그들 모녀가 다산 곁에서 얼마 동안은 머물렀어야만 세상을 살아가는 인간의 정의로운 도리가 아니었을까.

그러나 그때는 분명코 세상이 오늘과는 많이 달랐던 것이다. 한 사람 임금이 나라의 백성들을 다스리는 왕조시대였고 세상의 윤리도덕이 상류사회의 양반과 관리들은 우대하였지만 밑바탕 사람들은 사람으로 대접을 받지 못하던 때였으므로 그들은 짐승이나 다름없는 학대를 받으면서도 자신들의 그 아리고 쓰린 가슴의 정한을 어떤 방법이나 어떤 길로도 세상에 토해 낼 수가 없었던 참으로 무섭고 어두운 세상이었다.

옛 선비들이 쓴 책을 뒤적이다가 이 남당사를 찾아낸 사람은 한문학자 임형택 선생이다. 그러나 다산 정약용 선생이 오랜 유배 생활을 하는 동안에 어떤 인연으로 얽혔든 그곳 유배지에 살고 있었던 한 여인을 알게 되어 처음에는 도움만 받았었지만 세월이 흐르면서 스스럼없이 정분이 일었을 것이고 끝내는 두 사람 사이에서 다산의 혈육인 딸 홍임이를 낳았었다는 남당사의 슬프고 깊은 사연을 과감하게 세상에 알린 사람은 서울대학교 규장각 한국학연구원의 이숙인 책임연구원이었다.

이 연구원은 지난해 여름 한겨레신문의 한쪽 지면에다 〈귀양지에서 다산을 되살린 소실 홍임 모〉라는 제목의 글을 조심스럽게 써냄으로써 우리 겨레의 선각자이자 위대한 실학자로 모든 사람의 존경을 한 몸에 받고 있는 다산 정약용 선생에게 숨겨진 딸 홍임이와 그 어미가 등장하는 남당사라는 시가 전해지고 있다는 사실을 세상에 알렸던 것이다.

거듭 말하지만 다산이 살았던 때는 조선왕조시대의 중기이다. 지금 자유로운 대한민국에서 살아가는 사람들은 몇백 년 전인 그때의 두렵고 옹색한 세상을 이해하거나 받아들이기가 쉽지 않다. 홍임 어미의 기구한 인생이 슬프고 안타깝지만 벽처럼 두꺼운 다산이라는 선각자의 일생도 아울러 살피지 않을 수 없는 어려움이 지금을 살아가고 있는 우리들의 어깨에 짊어져 있기 때문이다.

다만 안타까운 것은 한국 사회의 몇 안 되는 한문학자로서 오래전부터 한국학을 깊이 연구하면서 선각자들의 업적을 밝혀내기 위해서 꾸준히 그들의 발길을 더듬어왔었던 임형택 교수가 다산의 소실인 홍임 어미의 이야기가 담겨있는 사연 많은 〈남당사〉를 찾아내는 당사자가 되었으니 이것이 필연인지 우연인지 참으로 모를 일이기만 하다.

(2020.8.26.)

문단과 문학상

얼마 전 문학잡지를 발행하는 문학사상사가 오래 전부터 시상해 온 〈이상문학상〉에 얽힌 요즘의 신문방송 보도들을 바라보면서 느꼈던 감회는 자못 서글프기만 했었다. 나는 그 문학상의 시상을 맡고 있는 출판사 쪽이나 운영하는 사람들과는 아무런 관계가 없지만 이 땅에서 반세기 이상을 명색으로 소설을 쓴다면서 살아온 한사람의 작가이기 때문이다.

뒤돌아보면 천구백사십오년 조선이 일본의 식민지에서 해방이 된 뒤 한국 문단에 만들어진 여러 개의 이름 있는 문학상들이 해마다 수상 작품을 선정할 때마다 이러쿵저러쿵 말들이 있었던 것이 어제오늘의 일은 아니다. 그러니까 상금이 엄청나게 많거나 이름이 널리 알려진 문학상들이 그동안 학연과 지연에 치우쳐서 수상자를 결정했다는 허튼소리를 비롯하여 뒤늦게 수상 작품을 살펴보니 유명한 외국작가의 작품을 베낀 것이라는 믿을 수 없는 말들에 이르기까지 온갖 잡음이 떠돌았었던 것이다.

글 동네에 만들어진 모든 문학상들이란 받는 사람의 뜻과는 달리 받을 만큼 좋은 글을 쓴 작가들의 작품에게만 주어져야 한다는 것이 문학상을 바라보는 사람들의 바람일 것이다. 더욱 큰 문학단체나 이름이 알려진 출판사들이 만들어 놓은 모든 〈문학상〉들이라면 그 상을 운영하는 시상의 기준이 문학정신 본연의 틀을 벗어나서는 안 된다는 것은 지극히 상식이다.

문학상에 얽힌 낯 뜨거운 소리가 세상에 알려진 〈이상문학상〉은 지난 일월 초 올해의 우수상 수상자로 뽑혔던 김금희 최은영 이기호 씨 등이 문학사상사 쪽에서 내민 –수상 작품의 저작권을 삼 년 동안 출판사에 넘겨주고 그 작품을 제목으로 찍어내는 단편소설집도 펴낼 수 없도록 규정한– 출판계약조항이 수상 작가들에게 있어서는 너무도 일방적이고 불공정하기 때문에 노예계약이나 다름없다고 거부하면서 시작되었다.

이렇듯 여러 사람의 소설가들이 출판사가 제시한 계약을 받아들이지 않는 소동을 벌이자 이를 지켜보던 지난해 〈이상문학상〉의 대상을 받았던 윤이형 소설가가 이들과 뜻을 같이하여 〈절필선언〉이란 적극적인 행동으로 나섰고, 이에 뒤따라 곧바로 이름을 밝히지는 않았지만 지난날 이상문학상의 부문별 수상자들인 여러 사람의 소설가들이 잇달아서 문학상을 제정한 출판사를 상대로 〈원고청탁거부선언〉을 내놓았던 것이다.

이번 문학사상사의 출판계약을 불공정하다고 걷어찬 소설가들의 몸짓을 바라보면 참으로 당차고 대견스럽다. 이미 오래전부터 있어온 해묵은 〈관행〉이라고 주장했을 출판사의 끈질긴 설득을 끝내 뿌리치고 이런 일들을 세상에 까발렸으니까 말이다. 마음이 연약했던 선배 소설가들은 그동안 출판사들이 내미는 비슷한 계약조건을 마음이 내키지 않으면서도 군소리 없이 받아들였었는데 이참에는 젊은 소설가들이 그 오래된 버릇을 깨부순 것이다.

이상문학상이 만들어진 뒤 수십 년 동안에는 〈무진기행〉을 쓴 김승옥을 비롯하여 〈나목〉을 쓴 박완서 〈한 여름 밤의 꿈〉을 쓴 유재용 〈아버지〉를 쓴 임철우 등 수많은 역대 수상 작가들의 작품들이 보여주듯 우리 문단에서 굵직한 발자취를 남겨온 문학상이었는데 이번의 소동으로 큰 흠결을 남기게 되었다. 어떤 문인은 "소설가들을 전혀 존중할 줄 모르는 출판계의 반문학적인 몸짓에서 비롯됐다"고 말했고, 또 다른 문인은 "소설가와 소설작품을 오직 상품으로만 보고 지나친 돈벌이에만 빠져있는 상업주의가 문학을 폄훼시켰다"고 비판했다.

문학상과 얽힌 소동들이 세상으로 불거져 나왔으니 말이지만 한국문단에는 육십년대 이후에 문학의 저변확대라는 깃발을 내걸고 몇몇 문학전문계간지와 월간지들이 펴내지기 시작하면서 문학상을 둘러싼 시비가 일어나기 시작했다. 이 문학잡지들은 각기 나름의 색깔들을 내보이면서 한국 문단에 새로운 바람을 몰고 왔을 뿐 아니라 자기들 나름의 문학상까지 만들어서 수많은 시인과 소설가들을 발굴하고 양성하는데 힘써오면서 독특한 문인단체로 자리매김해 왔고 문학발전과 중흥에 나름대로 기여해 왔었다.

때문에 문인들과 출판사 사이에 수상을 둘러싼 계약들이 오직 이번에만 언짢게 만들어졌다고 보기는 어렵다. 받아들이기 어려운 불공정한 조항들이 오래 전부터의 버릇으로 이어져 왔었지만 그동안에는 이런 깊은 사연이 세상 밖으로 알려지지 않았기 때문에 사람들의 눈길을 받지 못했었다. 그러니까 그동안에는 상을 주는 쪽과 상을 받는 사람들이 〈적절한 이해관계〉에 얽혀서 서로 눈을 감고 모르쇠로 넘겼던 것이었다.

그러나 이런 소동의 마지막 책임은 언론에게 있다고 볼 수밖에 없을 것이다. 문단에 문학상을 둘러싸고 마뜩찮은 군소리들이 잦아들지 않고 떠돌았다면 언론들은 그 발원지를 깊이 파고들어서 어느 쪽에서 잘못을 저질렀고 누가 상처를 입은 것인지 옳고 그름을 제때에 가려줬어야만 될 일이기 때문이다. 알음알음 들려오는 그런 군소리들을 언론들이 눈감고 모르쇠로 넘겨버렸기 때문에 출판사들의 나쁜 버릇이 지금까지 이어진 것이고 온 글 동네가 오늘과 같은 부끄러운 소용돌이에 휩싸이게 된 것이 아니겠는가.

이런 문학상의 안타까운 소동과는 달리 아주 바람직한 모습도 있다. 한국 사회가 발전해 나가는 한 모습이기는 하지만 지난해부터 우리 문단에는 새롭게 기지개를 펴는 격동의 바람이 불어오고 있는 것이다. 해방 뒤부터 수십 년 동안 〈간접선거제〉라는 이름 아래 보수 기득권과 가까운 해바라기성 문인들이 세습처럼 차지해 오던 문학단체의 수장자리가 비록 겉치레이긴 하지만 회원들 손으로 뽑아내는 〈직접선거제〉로 바뀌기 시작했다는 사실이다.

이 영향으로 한국소설가협회도 지난해 여름 회원들의 열렬한 열망에 따라서 간선제이던 이사장을 회원들 손으로 뽑아내는 직선제로 정관규약을 고치는데 성공하였고 이어서 올해 들어서는 지난 일월 십칠일 서울과 시골 등 전국에 흩어져서 살고 있는 팔백여 명의 회원들이 우두머리가 되겠다는 두 사람의 입후보자를 놓고 우편투표를 실시해서 처음으로 직선제 이사장을 뽑아내는 큰일을 해냈던 것이다.

직선제 이사장체제에서는 회원들의 희망사항이 많기 때문에 집행부에서 맡아 해야 할 일이 꽤나 많을 것이다. 입을 닫은 채 이사장이 하는 대로 따라만 가던 모든 회원들이 이제는 자기 나름의 목소리를 내기 시작할 것이기 때문이다. 새 직선제 이사장은 이 같은 일반회원들의 소리들을 못 듣고 못 본 체 하지 말고 조복조복 받아들여서 소설가협회를 이끌어 가는 힘찬 동력으로 삼으면 좋을 것이다.

(2020.4.10.)

신선한 발언

이재명 경기도 지사가 지난 칠월 이십팔일 도청 및 각 시군에서 근무하는 서기관급 이상 고위직 공무원들과 일선 시군의 부단체장 또 경기도청과 시 군청이 운영하고 있는 공공기관의 본부장급 이상 상근 임원들에게 올해를 넘기지 말고 자기가 살고 있는 집을 빼고, 남에게 전세를 줘서 임대료를 받고 있는 모든 집들을 팔아넘기라고 당부했다는 것이다.

이 지사는 이날 경기도청 집무실에서 온라인 브리핑을 열고 경기도 부동산 주요 대책의 일환이라며 이 같은 〈공직사회의 부동산지침〉을 발표했다. 지금 전국에는 칠백오십만 명이나 되는 무주택 서민들이 전세나 월세를 내는 임대주택에서 살아가고 있으므로 이들이 자기 집을 마련할 수 있도록 중앙정부와 지방정부가 함께 대책을 마련해야 한다는 차원에서 경기도가 앞장을 선 것이라고 말한 것이다.

경기도는 집 없는 서민들이 내 집을 마련할 수 있도록 경기도청 이름으로 돼 있는 공공용지를 활용하여 서민주택을 신축하는 것과 아울러 이미 지어져 있는 작은 평수의 공동주택들을 집 없는 서민들이 들어가서 살 수 있게 법규를 개정하고 제도를 바꾸는 한편 한 사람이 많은 집을 소유하고 있는 불공평한 지금의 다주택 소유 제도를 깨부수기로 한 것이다.

이 지침을 실행하기 위해서 먼저 이재명 지사는 경기도청 지붕 밑에서 일하고 있는 서기관 이상의 높은 자리의 공무원과 각 시 군청이 운영하고 있는 주택도시공사를 비롯한 모든 공공기관의 임원으로 일하고 있는 사람들이 자기 가족들과 살고 있는 집 한 채를 뺀 나머지 집들을 모두 팔아서 중앙정부와 지방정부가 추진하는 주택정책에 협조하라고 당부한 것이다.

한국전쟁이 휴전된 천구백오십년대 중반부터 시행된 우리나라 주택정책은 반세기가 훨씬 지나간 지금까지 수도가 자리 잡고 있는 서울은 말할 것도 없고 대도시라고 불리는 부산 대구 인천 광주 대전 등 전국의 광역시도의 주택정책이 집 없는 사람들에게는 〈그림의 떡〉이나 다름없을 만큼 엉망진창으로 얼룩져 왔는데, 이것은 역대 정권의 권력자들과 선출된 공직자들 그리고 그들의 지시를 따르는 높은 직급의 공무원들이 자기들의 입맛대로 법규와 정책들을 운용해 왔기 때문이었다.

그동안 추진된 정부 주도의 주택정책들은 언제나 집 없는 서민들을 위한다는 구실을 간판처럼 내세웠었다. 따라서 툭하면 국토의 균형적인 발전을 꾀하기 위해서 건드릴 수 없는 〈개발제한구역〉까지 풀어서 층층 살림집을 짓도록 했는가 하면 보수 기득권 세력이 정권을 차지했던 오십여 년 동안에는 도시발전을 저해한다며 규정했었던 층층 살림집의 층수 제한까지 일반시민들 몰래 〈해제〉시키면서 재벌기업과 토건업자들에게 폭리를 취하도록 만들어 줬었던 것이다.

이런 비리로 얼룩진 주택정책들은 잠시 진보적인 정권이 집권하면서 다시 바로잡는 길이 생기기도 했지만 다시 보수 세력들이 정권을 되찾아 가고서는 과거와 같은 악순환이 거듭될 수밖에 없었다. 시행이 잘못되었던 주택정책을 바로잡으려다 보니 그동안 시행됐던 행정들이 파행을 겪을 수밖에 없었고, 그때의 집권당 국회의원들과 주택행정을 맡은 고급공무원들 그리고 그들과 연루된 부동산 투기꾼들이 짬짜미를 이뤄서 자행했음이 여과 없이 백일하에 드러났었다.

이렇게 누더기가 된 대한민국의 주택정책이기 때문에 이제는 어떤 정의로운 정부가 들어서더라도 쉽게 집값의 안정을 이룰 수가 없고 웬만한 처방을 가지고는 그 효과를 얻기가 힘든 지경에 와 있는 것이 현실이다. 게다가 요즘 들어서는 이들과 어울려서 이익을 얻었던 거대한 보수언론들이 진보정권에서 추진하려는 새로운 주택정책을 무산시키기 위해 협박성 집중 보도까지 벌이는 행패까지 벌이고 있지만 진보적인 언론 쪽에서는 중과부적으로 이런 행패를 막아내지 못하고 있다.

이런 절박한 때에 느닷없이 발표된 이재명 지사의 과감한 주택정책은 비록 경기도라는 한정된 지역에서 시행하겠다는 것이긴 하지만 그 울림이 전국적으로 크게 미치지 않을 수가 없다. 요즘 들어 부쩍 거듭되는 말이지만 〈집〉은 사람이 살기위해서 만들어진 것이지만 언제부터인가 돈 많은 사람들의 돈벌이를 위한 투기목적으로 변질되면서 내 집에서 살아가겠다는 가난한 사람들의 주거 희망을 송두리째 앗아가고 있는 것이 현실이다.

땅이나 집 같은 부동산은 공부를 많이 한 젊은이들이 다루든 못 배운 노동자 출신의 노인들이 다루든 그 부피는 전혀 줄어들 수도 늘어날 수도 없는 그야말로 움직이지 않는 자연적인 산물이다. 국토와 사회발전에 따른 것이라고는 하지만 그런 속내의 부동산을 허울 좋은 학문이라고까지 부풀리면서 칠십년대 초반 어떤 정부에 의해 도입된 우리 사회의 잘못된 〈부동산〉 정책과 부동산 〈학문〉은 사회질서가 뒤틀리든 말든 떼돈만 벌면 그만이라는 허황하고 잘못된 꿈을 모든 젊은이들에게 심어주면서 오늘도 제동장치 없이 내달리고 있는 것이다.

이재명 경기지사는 이런 빗나간 부동산 투기를 막아낼 역량으로 그 누구도 시도하지 못했던 힘 있는 주택정책을 선뜻 내놓은 것이다. 권력과 금력을 가진 사람들의 횡포 때문에 가난에서 벗어나지 못하고 살아온 서민들에게 사랑하는 가족들과 함께 살아갈 수 있는 최소한의 안식처를 마련해 주려고 도민들의 열렬한 지지로 도지사에 당선된 자신에게 부여돼 있는 권한과 재량을 바탕으로 추진할 수 있는 주택정책을 시작한 것이다.

이 지사가 경기도청에 근무하는 고위직 공무원들에게 사는 집 한 채를 빼고 나머지 집을 팔도록 권유한 주택정책의 또 다른 뼈대는 경기도가 도내 이곳저곳에 흩어져 있는 도청 이름으로 된 공용 토지에다 알맞은 평수의 층층 살림집을 지어서 당장 목돈의 전세자금을 마련할 수 없는 가난한 서민들이 시장이나 군수가 발행한 간단한 무주택증명서 하나를 내고 들어와서 삼십 년 동안이나 장기적으로 살아가도록 하겠다는 것이니 참으로 밝은 소식이 아닐 수 없는 것이다.

그런데 이재명 지사가 이런 주택정책을 발표하자 경기도 공무원노동조합은 사유재산을 방매하라는 도지사의 권유가 높은 자리에 있는 공무원 개인의 재산권을 침해하는 발언이라는 참으로 말도 안 되는 성명을 내놨던 것이다. 그렇다면 경기도 공무원노조는 자신들이 누구를 위해서 일하고 있으며 과연 가난한 서민과 부자들 가운데 누구의 편을 들고 있는지 분명히 밝혀야 할 것이다.

이 지사가 꼭 집어서 밝히지는 않았지만 서기관급 이상의 고위공직자들에게 살고 있는 집 말고 보유재산으로 더 가지고 있는 집들을 팔라고 말하면서 〈지시〉라는 표현 대신 〈권유〉라고 말했던 것은 공직자로서의 본분을 지키라는 깊은 뜻이 담겨져 있는 것이다.

공무원은 높은 자리에 있건 낮은 자리에서 일하든 시민들이 낸 세금에서 많던 적든 나름대로의 보수를 받고 국가를 위해서 일하고 있으니까 시민들의 머슴임이 틀림없다. 주인인 시민들 가운데는 집이 없는 사람들이 엄청나게 많은데 시민의 머슴들 가운데서 자기 가족들이 살고 있는 집 말고 여러 채의 집을 보유하면서 그 집들을 전세 또는 월세로 내놔서 가외 수입을 올리고 있는 것은 민주사회의 기준이나 형평으로 비춰 봐도 꽤나 어긋나는 일이기 때문이다.

대한민국에서 모든 공무원들은 이십 년 이상 근무하고 퇴직하게 되면 죽을 때까지 정부로부터 근무 연한에 따른 생활연금을 매월 지급받는다. 뿐만 아니다. 재직하는 동안에는 중등학교와 대학에 재학하는 자녀들의 학자금까지 정부로부터 지급을 받는 특혜를 받고 있다. 그렇게 많은 혜택을 받고 일하는 공무원들이 여러 채의 집을 소유하여 국가의 주택정책을 어긋나게 하는 일은 어떤 쪽에서 바라봐도 본분을 잃은 행동임이 틀림없는 것이다.

이재명 지사는 먼저 많은 숫자의 낮은 자리의 공무원들은 제외하고 급수가 높은 서기관급 이상의 고위공무원들만 시범적으로 실행을 하겠다는 것이다. 따라서 자기의 주택정책을 따르지 않는 공직자는 어쩔 수 없이 인사 상으로 불이익을 줄 수밖에 없다고 밝혔는데 이것을 언론이나 높은 직위의 공무원들이 겁박하는 조치로 몰아붙여서는 안 될 것이다.

오히려 도민들이나 무주택 서민들의 입장에서 바라보면 그동안 도지사로 선출되었던 많은 사람들에게서는 전혀 들을 수 없었던 아주 신선하고 참신한 주택정책이 아닐 수 없기 때문에 이구동성으로 시민과 도민들의 찬사를 받아야 마땅할 일이 아닐 수 없다.

이재명 지사의 발표를 보면 지금 경기도에는 이 조치 안에 들어가는 공무원이 모두 삼백서른 두 명이나 된다고 한다. 이들 가운데서 집을 많이 가지고 있는 사람이 아흔네 명인데 이 숫자는 사급 이상 고위공직자의 이십팔 점 삼 퍼센트에 이른다고 한다. 이 숫자 가운데서 집을 두 채 이상 가진 사람은 예순아홉 명이고 세 채 이상의 집을 가진 사람은 열여섯 명이었으며 네 채 이상 가진 공직자도 무려 아홉 명이나 되었다는 것이다.

이 지사는 이번 조치를 발표하면서 "지방정부라는 역할의 한계가 있기 때문에 근본적인 대책을 수립하기가 참으로 어려웠다. 그러나 망국적인 부동산투기를 막을 수 있는 방안의 하나라는 생각에서 이런 대책을 마련하게 됐다"고 말하고 더 완벽한 정책은 중앙정부가 부동산정책 입안부서에 배치하는 고위공직자들을 공개청문회를 통해서 임명할 뿐 아니라 가족들과 사는 집이나 업무용 부동산 이외에는 절대로 가질 수 없도록 규정하는 부동산 〈백지신탁제〉 같은 보다 무거운 법안을 국회를 통해서 하루빨리 도입하는 것이 장래를 위한 한 방안이라고 덧붙였다.

어쨌든 이재명 지사의 이번 발표는 참으로 신선하다. 나라의 머슴으로 일하는 높은 자리의 공직자들만이라도 법과 규정을 지켜야 한다는 주문이기 때문이다. 공직자들이 시범을 보이지 않는데 일반시민들이 법을 지킬리가 만무하기 때문에 중앙정부와 지방정부가 시도하는 집 값 안정을 목적한 부동산 대책은 고위공직자로부터 먼저 시작되는 것이 백번 마땅하다. 웃물이 맑아야 아랫물이 맑다는 옛말이 있고, 지난 시절에 공직사회의 정화를 위해서 〈서정쇄신〉이 필요하다는 두려운 낱말이 나돌았던 데는 다 그럴만한 이유가 있었던 것이다.

(2020.8.)

전자우편

전자메시지는 요즘 세상에 누구나가 가지고 다니는 손 전화기의 화면에 나타나는 짧은 사연의 편지라고 말 할 수 있다. 대한민국 땅에 살고 있는 오천만 시민들이 언제부터 시작했는지 그 밑절미는 잘 모르겠지만 지금 손 전화를 가진 모든 사람들은 사실상 거의가 통화료를 내야 하는 목소리 통화로 이야기를 나누지 않고 쉬울세라 이 〈전자메시지〉를 즐겨 쓰고 있다.

그러니까 몇 해 전이나 얼마 전까지는 장삼이사로 불리는 대부분의 평범한 사람들은 줄이 이어진 전화기나 사무실에 놓여있는 전화기 그것이 아니라면 길거리에 놓여있는 공중전화를 이용해서 필요한 볼일을 보거나 자기 나름의 사연을 주고받았었는데 요즘은 이런 모든 일들을 각자가 들고 다니거나 몸에 지니는 〈손 전화〉의 문자메시지로 자기들의 뜻을 주고받는 것이다.

모든 사람들이 저쪽의 목소리를 들을 수 있고 이쪽의 목소리로 생생하게 자신의 뜻을 전달 할 수 있는 음성통화를 마다하고 이 전자메시지를 즐겨 쓰고 있는 속내를 헤아려 보면 대충 두 가지로 좁혀진다. 첫째는 전자우편으로 메시지를 주고받게 되면 시간을 아낄 수가 있는데다 중언부언 길어질 수 있는 이야기를 피해 갈 수 있어서 아까운 시간을 벌 수 있고 두 번째는 목소리 전화에 따른 요금부담을 피해 갈 수가 있기 때문일 것이다.

따라서 이 손 전화기의 화면에는 누구를 따질 것 없이 이곳저곳에서 들어오는 카톡이라 불리는 온갖 문자메시지들이 끊일 새가 없이 뜨고 있다. 이것은 모든 사람들의 의사소통 수단이 손 전화라는 전자기기를 이용하게 되었기 때문이라고 볼 수밖에 없다. 그런데 올해 들어서는 사정이 좀 달라졌다. 코로나일구 돌림병이 전 지구촌을 덮어버리는 무서운 현상에 휩쓸면서부터는 이 손 전화에 뜨는 전자메시지들이 전과 다르게 넘쳐나고 있기 때문이다.

코로나라는 무서운 돌림병이 우리나라에 들어오자 보건복지부가 중앙에다 방역대책본부를 꾸리고 각 시 도 같은 지방자치 정부와 시 군 구 같은 자치단체들이 이에 발을 맞춰 방역 대책을 세우고, 자기 고을 사람들이 이 돌림병에 걸려서 고생하지 않도록 하려고 갖가지 예방지침과 발생현황을 시시각각으로 알려주고 있는 것이다. 때문에 평소와는 전혀 달라진 전자메시지로 시달림을 받는 다는 불평이 나올 수밖에 없다.

돌림병을 물리치기 위한 정부기관과 지방자치단체들의 전에는 전혀 볼 수 없었던 세심한 관심과 주의를 시민들은 누구나 느끼고 있겠지만 요즘 들어서는 그야말로 시도 때도 없이 손 전화 화면에 뜨는 것이 코로나일구 방역과 이어지는 메시지들이다. 중앙에서 주의사항과 행동요령을 한차례 띄우고 나면 곧바로 자기가 살고 있는 지방정부에서는 말할 것도 없고 크게 관련이 없다고 생각되는 이웃의 지방자치단체들까지 거의 똑같은 방역내용이나 주의사항들을 전자메시지로 보내오고 있기 때문이다.

가령 양평군 관내 어느 동네에서 오늘 코로나 돌림병 확진환자 한 명이 생겼는데 검사결과 이 사람은 어떤 면소재지 지역의 종교시설에서 일하는 사람과 접촉하고 식사까지 함께했던 사실이 밝혀졌기 때문에 그 종교시설을 방문했던 다른 사람들도 감염 여부가 불분명하므로 하루 속히 군 보건소나 그 밖의 선별진료소를 찾아가서 검사를 받아봐야 한다는 호소 등이 전자메시지의 알맹이들이다.

그런데 중앙방역대책본부와 경기도청이 이런 내용의 전자메시지를 한 차례 띄우고 나면 곧바로 여주 이천 광주 하남시와 가평군 등 양평군과 이웃하고 있는 가까운 지방자치단체에서도 글자 한 자 문맥 하나 틀리지 않는 똑같은 내용의 전자메시지를 양평군 관내에 살고 있는 모든 시민들에게도 어김없이 잇달아 서비스로 띄워주고 있는 것이다.

넓은 뜻에서 보면 모두가 같은 경기도 관내에 살고 있는 도민들이니까 될 수 있으면 무서운 돌림병에 걸리지 않도록 미리 손을 써서 막는 다고 좋게 이해할 수도 있다. 그러나 코로나일구 돌림병 병균이 일년 이상이나 지속 확산되면서는 이웃 지자체들이 활용하는 이 같은 전자메시지 공세가 폭탄이나 다름없이 이어지고 있기 때문에 손 전화를 가지고 있는 일반시민들은 뜻밖의 홍역을 치르는 것이나 다름없다는 것이다.

지방자치단체로부터 행정편의를 수시로 제공받는 시민들이라 해도 이런 현상은 아무래도 좀 지나치다는 생각이 들 수밖에 없다. 코로나일구 돌림병에 걸린 사람이 어느 고장에서 생겨났으므로 이 병에 걸리지 않도록 조심하라는 귀띔은 고마운 일이지만 똑 같은 내용의 전자메시지를 다른 지자체로부터 이중삼중으로 전달받는 것은 달가운 일이 아닐 뿐 더러 엄밀하게 말해서 행정력의 낭비임과 동시에 손 전화 가입자에게는 부담이고 낭비가 아닐 수 없기 때문이다.

어떤 경우를 꼭 집어서 말 할 것도 없다. 한창 바쁜 일에 힘을 쏟고 있을 때 손 전화의 신호가 울리면 주인은 주저하지 않고 전자메시지의 내용을 알아보지 않을 수 없다. 그런데 하던 일을 제치고 무슨 급한 일인가 하고 화면을 열어보면 방금 받았던 메시지를 다른 지자체들이 새로운 소식이라도 되는 것처럼 또 보내온다는 사실이다. 그런 일이 하루 이틀도 아니고 벌써 일 년 가까이나 계속되다 보니 손 전화기를 가진 사람들은 누구를 가릴 것 없이 전자메시지만 뜨면 또 어떤 일이 생겼는가 하고 그야말로 가슴앓이를 하지 않을 수 없게 되었다.

무서운 돌림병을 퇴치해야 된다는 의무감을 가진 정부 아래의 지방정부나 지방자치단체이기 때문에 시민들을 상대로 정부의 정책을 알리는 조치들을 나무랄 수는 없다. 그러나 자기 고을이 아닌 다른 지역의 시민들에게까지 무차별로 방역 대책을 홍보한다는 것은 효율성으로 봐도 남용일 뿐 아니라 가입자들에게는 혼선 그 자체일 수도 있기 때문이다.

우리나라는 꽤 오래 전부터 반도체를 응용하여 현대문명생활에 필요한 텔레비전수상기와 컴퓨터 손 전화기 같은 여러가지 전산기기와 가전제품들을 만들어서 세계 여러 나라들로 수출해서 엄청난 외국의 돈을 벌어들여 왔었다. 따라서 땅도 좁고 부존자원도 넉넉하지는 않지만 전쟁을 치른 나라 답지 않게 그 분야에서 대한민국은 어느 선진국수준 못지않게 발전해 왔다는 평가를 받고 있는 것이 사실이다.

그런데 이 손 전화기가 국내에서 생산되면서부터 한국인들은 바쁜 삶을 살아오게 되었고 이제는 어른 아이 가릴 것 없이 이 땅에 살고 있는 오천여만 명 인구 거의가 〈스마트 폰〉이라 불리는 손 전화기를 한 대씩 몸에 지니고 다니게 되었다. 올바른 통계는 알 수 없지만 이 같은 문명생활이 열리고 경제가 활성화되는 첨단사회가 이뤄지면서 한국 사람들의 생각과 활동 영역이 넓은 지구촌을 넘나들게 되었다.

따라서 지금은 조용한 시골 동네의 주민자치센터에도 이 손 전화기를 올바르게 쓰도록 가르치는 전문교육강좌가 연중으로 문을 열고 있다. 수강업무를 맡고 있는 강사들의 말을 들어보면 올바른 스마트 폰 사용법을 배우려고 강좌를 찾아오는 시민들의 숫자가 생각 밖으로 많은 편이고, 그 가운데서 절반 이상을 차지하는 사람들이 옛날 같으면 집에서 한가한 세월을 보내고 있을 칠팔십 대 이상의 노인들이라는 것이다.

이 강좌에 나오는 노인들 가운데는 한 대에 백만 원을 호가하는 비싼 손 전화를 자녀들에게서 선물을 받은 노인들이 대부분이고 또 자녀들이나 이웃 사람들과의 통화를 목적하고 목돈을 들여서 스스로 손 전화기를 사들인 노인들도 많다는 것이다. 따라서 지금은 농촌지역에 살고 있는 노인들도 손 전화를 쓰는 방법을 제대로 배워야 도시로 나가서 활동하는 자녀들은 물론이고 가깝고 멀리 살고 있는 아는 사람들과도 자주 안부를 주고받을 수 있을 것이기 때문이라는 것이다.

어쨌거나 이제는 대한민국에 살고 있는 모든 시민들은 어른 아이를 가릴 것 없이 서양 사람이 발명했지만 머리 좋은 한국인들이 만들어 낸 이 손 전화기를 누구나 가지고 있을 뿐 아니라 이것이 없으면 불안하고 불편해서 단 하루도 살아가기가 힘겨울 만큼 우리 모두의 삶 자체가 그 속으로 풍덩 빠져 버렸다고 말할 수밖에 없다.

뿐만 아니라 이제는 모든 시민들이 돈이 들어가는 목소리 통화보다는 통화요금을 내지 않아도 될 뿐 아니라 아무리 많이 이용해도 돈이 거의 들어가지 않는 〈전자우편〉이라는 메시지를 활용하고 있다는 것이니 보다 알차고 기쁘고 즐거운 이야기와 사연을 줄기차게 주고받으면서 행복하게 살아가기기를 진정으로 바랄 뿐이다.

(2020.8.6.)

누렁이와 지킴이

나는 양평으로 이사를 하고부터 장터 한쪽으로 흘러가는 남한강 강가 길을 걷는 날이 늘어났다. 운동 삼아서 걷기를 시작한 것은 양평으로 이사를 하기 전인 서울 살 때부터라고 할 수 있다. 신문기자 생활을 오랫동안 해오다 보니 정해진 시간에 출퇴근을 하는 일이 거의 없었다. 주로 경찰과 법원 검찰 같은 사건부서들을 들락거렸으므로 사흘돌이로 밤샘을 해야 되었고 또 그 곳의 취재원들을 만나면 어쩔 수 없이 술을 마시지 않을 수 없었다. 따라서 소진된 체력을 돌보자는 생각으로 시작한 것이 도심 한복판에 있는 공원이나 학교 운동장 같은 조용한 곳을 새벽에 걸어보는 가벼운 운동이었다.

충청북도 제천과 충주, 그리고 청주에서 지방 주재기자로 일할 때에는 한창 젊은 시절이니까 전혀 건강에 관심을 두지 않고 살아왔었지만 느닷없이 서울의 편집국으로 일터를 옮기게 된 사십 대 초반 들어서 또다시 하숙생활을 시작하면서부터 걷기를 시작했으니까 이럭저럭 그 세월도 사십 년이 가깝다. 처음에는 한번 집을 나서면 거의 두 시간 가까이나 걷기를 했었지만 갑년의 나이를 넘긴 뒤에는 운동시간도 시나브로 줄어들게 되었다.

따라서 팔순을 넘긴 요즘 들어서는 비가 오거나 눈이 내리는 날에는 아예 걷기에 나서지 않을 뿐 아니라 하늘이 맑은 날에도 걷기는 이삼일에 한 번씩 하면서도 걷는 시간은 전에 비해서 아주 짧아졌다. 병원 의사나 아내가 건강을 전제로 한 것이므로 시간을 줄이라고 권유하기도 했지만 나 스스로도 늙어버린 체력의 한계를 느끼지 않을 수 없었기 때문이다.

이런 것은 그야말로 잠깐 사이에 일어난 현상이다. 몇 해 전인 칠십대의 나이 때만 해도 나는 장년들을 의식하지 않을 만큼 체력이 왕성하다고 믿었었다. 그런데 팔십 대에 접어들면서 갑자기 체력이 떨어지는 것을 느끼게 되었던 것이다. 별로 가파르지 않은 언덕을 올라가는데도 숨을 헐떡이게 됐을 뿐만 아니라 멀쩡하던 다리가 가끔 저리기 때문에 지팡이까지 짚게 되었으며, 이 때문인지 옛날에는 그냥 지나치기만 하던 강가에 마련된 쉼터에 곧잘 머물러서 가빠진 숨을 돌리기까지 하는 것이다.

내가 수십 년째 살고 있는 양근 마을의 층층 살림집에서 양평장터를 휘감아 흐르는 남한강 가로 걸어 나가자면 집을 나서서도 좋이 십여 분은 걸어야 된다. 읍내에서 가장 높은 언덕바지에 지어진 내가 사는 층층 살림집 마을의 골목길을 빠져나와서 넓은 길과 이어지는 도로로 나선 뒤에도 다시 장터 가운데를 흘러가는 작은 도랑의 높다란 제방 길을 거쳐야만 큰물이 흘러가는 강가로 이어지는 것이다.

그런데 이른 새벽이나 또는 땅거미가 지는 저녁 무렵에 이 강가로

가는 동네 길을 걷노라면 얼굴을 알아서 인사를 나누고 지내는 사람들을 만나기도 하지만 전혀 얼굴을 본 적이 없는 마을 사람들과도 마주치게 된다. 그런데 건강을 돌보려고 강변을 걸어가는 이들의 모습들을 자세히 살펴보노라면 하나같이 여러 가지 차림을 하고 있음을 발견하게 된다.

먼저 몸에 걸치고 나온 입성들이 그렇다. 요즘 티브이 광고에 자주 나오는 이름 있는 외국 상표의 값비싼 레저용 등산복을 차려입고 기운차게 걷는 사람들이 있는가 하면 건설공사장 같은 곳에서 일할 때 입었던 꾀죄죄하고 구겨진 작업복 같은 헤진 옷을 그대로 몸에 걸치고 나온 일꾼 모습으로 보이는 사람들도 있으며 그들과는 달리 아예 가벼운 반바지나 티셔츠 차림을 하고 나온 젊은 남녀들도 그 속에 섞여있었다.

이런 여러 모습의 사람들 틈에서 아무래도 돋보이는 사람들은 운동복이 아닌 외출복을 조신하게 차려입은 독신으로 보이는 여성들이나 정분이 넘쳐나게 다정해 보이는 장년의 부부들이었다. 그런데 이런 유별나게 차리고 나온 사람들은 거의가 요즘은 어딜 가거나 흔하게 만날 수 있는 예쁘장하게 생긴 〈애완견〉들을 한두 마리씩 데리고 나왔는데, 그 강아지들은 거의가 몸집이 고작 어른의 주먹 크기만큼 작은데다 방울 같은 눈알만 툭 튀어나왔으면서도 사람을 보고 짖어대는 소리는 도무지 강아지답지 않게 앙칼지기만 했다.

주인들의 품에 소중하게 안겨있거나 긴 줄에 목이 묶여서 나온 이 애완견들을 가까이에서 살펴보노라면 그야말로 야릇한 기분을 느끼지 않을 수 없다. 이 강아지들은 어찌하여 몸값이 하늘 높은 줄 모르게 비싸며 같은 개과에 속한 동물인데도 〈누렁이〉라고 불리는 한국의 토종개들과 달리 사람들의 지극한 귀여움과 사랑을 받고 있는지 알다가도 모를 일인 것이다.

그런데 어떤 날로 기억된다. 아침에 걷기를 나갔다가 오십 대 중반의 주부로 보이는 여성이 자기의 아들이나 딸 그게 아니라면 손자들 같은 아이들을 기를 때 태웠던 것으로 보이는 덮개가 씌워져 있는 깨끗한 유모차를 몰고 나왔기에 에둘러 살펴보니 그 안에는 얄궂게도 어린아이가 아니고 애완견 한 마리가 타고 있었다. 그러니까 어린 아이들이 타는 유모차 안에다 애완견을 태우고 중년의 여성이 뒤에서 밀고 가고 있었는데 이것은 아무래도 어울리는 모습이 아니었던 것이다.

우리가 살아온 세상에서 집짐승으로 기르는 〈개〉란 도둑으로부터 집을 지켜주는 것이 첫째의 구실이었고 크게 자란 뒤에는 사람들에게 몸을 육용으로 제공하는 상징으로만 남아있었던 것이 사실이다. 누렁이란 이름으로 불리던 이 개들은 다 자라면 늑대만한 몸집이 되었으며 부엌에서 나오던 음식물 찌꺼기를 먹고 자라났었다. 또 아주 오래전이긴 하지만 후미진 산골짜기의 오막살이 같은 가난한 집에서 기르던 개와 강아지들은 마당 위 봉당 바닥에 어질러진 어린아이들의 똥을 곧잘 핥어먹었기 때문에 〈똥개〉라는 별명으로 불리기도 했었다.

쉽게 누렁이라고 불리던 그 개들을 언제부터 사람들이 기르게 되었는지 연원이야 알 수 없지만 보리와 밀로 가난한 식생활을 이끌어 가던 농촌사회의 서민들이 부족한 단백질을 보충하기 위해서 개를 길러서 식용했었던 것으로 미뤄볼 수가 있다. 그때까지 가난한 농가에서 많이 기르던 가축은 소와 돼지와 개와 닭이었다. 그러나 소는 거의가 논갈이와 밭갈이 같은 힘든 농사일을 하거나 무거운 짐을 나르는 수레를 끌었으므로 소는 사람을 위해서 희생하는 특이한 영물로만 생각했었지 가난한 사람들이 식용으로 먹는 것은 차마 염두에 두지 못했었다.

따라서 농민들이 단백질의 고기를 먹기 위해서는 돼지와 염소 그리고 닭과 개 같은 가축들을 길렀던 것으로 볼 수 있다. 그런 가축들은 농가에서 쉽게 기를 수가 있을 뿐 아니라 돈이 필요할 때에는 장터에 내다 팔아서 요긴하게 가용으로 보탤 수가 있었다. 이 밖에도 한해에 한 번씩 돌아오는 추석이나 설 같은 명절에는 돈을 들여 장터에서 따로 고기를 사 오지 않고도 조상들의 제사상에 돼지고기나 닭고기를 올릴 수가 있었을 것이다.

옛날에는 궁중의 왕족들이나 양반들 같은 상류사회 사람들은 농사일을 하는 것으로 알려진 소들도 마음대로 잡아먹을 수가 있었다. 그들은 명절 뿐 아니라 주기적으로 소를 잡아먹었다고 알려져 있다. 문반과 무반 등 두 갈래로 나뉜 양반들이 함께 어울려서 나라를 이끌어 가던 무소불위의 세상에서 그들이 하는 일을 막을 사람들은 없었을 것이다. 따라서 재물과 힘이 없는 농민과 천민들은 귀한 소고기를 사 먹을 수가 없었고 사 먹을 생각을 못했지만 벼슬아치들이나 양반들 같은 상류사회 사람들은 서민들의 삶과는 판이하게 달랐던 것이다.

따라서 일반 서민들은 자기들이 기르던 닭이나 개와 돼지 같은 가축들을 관아의 허락만 받아서 잡아먹을 수 있었던 것만도 나라에서 내린 큰 복으로 여기고 살아왔었다. 따라서 지금 나이가 팔십 구십 대에 이른 노인들이 자라나던 천구백사오십년대의 해방공간만 하더라도 가난한 농촌 사람들은 소고기를 한해에 한 번도 얻어먹기 어려웠다. 귀한 소고기를 사 먹을 돈도 수중에 없었지만 소는 사람을 대신해서 힘겨운 일을 해주는 영물이라고만 여겼지 감히 식용으로 먹을 생각은 못했던 것이다.

따라서 웬만한 서민들은 집에서 똥개라 불리던 이 누렁이들을 집집이 한두 마리 이상씩 기르다가 여름철 무더위가 기승을 부리는 삼복때가 되면 잡아서 동네 이웃들이 둘레로 몸보신하는 단백질로 섭취했던 것이다. 따라서 이 똥개들을 길렀다가 잡아먹는 풍속은 밀과 보리쌀 그리고 밀가루와 감자와 산과 들에 자라나는 푸성귀를 주식으로 먹어오던 우리 민족들에게는 꽤나 오래된 풍속이 아니었던가 생각된다.

이렇게 서민들과 친근하던 개들의 모습이 우리 주위에서 사라진 것은 아주 오래된 일이 아니다. 대충 팔팔 올림픽이 서울에서 열리기로 확정되었던 팔십 년대 초반이 아니었던가 싶다. 지구촌 사람들이 서울 한복판에 모여서 올림픽을 열게 되었다는 보도가 매스컴을 통해서 전 세계에 알려진 뒤라고 어림된다. 그때 이름이 지구촌에 널리 알려졌던 프랑스의 어떤 여배우가 "사람들이 어떻게 개를 잡아먹느냐"면서 그렇게 개고기를 먹는 야만인들이 사는 한국에서 어떻게 올림픽을 치를 수 있느냐고 비난하면서 우리 민족을 야만적이고 미개하다고 폄하했던 것이다.

물론 그 때문에 개나 보신탕이 우리 주위에서 사라졌다고 보기는 어렵다. 새로운 경제구조가 만들어지고 산업문명이 발전하면서 사람들의 식생활 환경이 서구식으로 바뀜에 따라 전근대적이던 농촌의 구조 또한 변모하였고, 눈부신 서양의 음식문화가 파도처럼 밀려들었기 때문에 이 낌새를 틈타고 외식산업마저 덩달아 도입되면서 오래전부터 있어오던 우리의 재래음식문화가 스멀스멀 사라지게 되었다. 그 가운데서 가장 된서리를 맞은 부분이 불행하게도 서민들이 즐기던 〈보신탕〉 문화였던 셈이다.

이 보신탕으로 불리던 음식산업이 유독 피해를 입게 된 바탕에는 주원료가 되는 개들을 주택구조의 변화로 이미 오래전부터 농가에서 기를 수 없게 되자, 개를 전문적으로 기르는 사육업사들이 생겨나게 되었지만 이 분야에는 정부기관이나 지방자치단체의 지원이나 보조금은 물론이고 산업자본이 전혀 들어가지 않았던 것이다. 따라서 영세사육업자들이 비위생적인 시설에서 수십 또는 수백 마리의 개를 길렀을 뿐 아니라 또한 비위생적인 도축 과정을 통한 개고기들을 음식점에 공급하게 되었기 때문이었다.

이런 역겨운 일이 이어지면서 새로 생겨난 돈 많은 귀족들과 보신탕을 역겨워하는 주민들의 비난과 항의가 전국적으로 빗발치자 정부가 단속과 규제를 펴지 않을 수 없었던 것이다. 모든 음식물이 위생적인 환경에서 제조 유통됨으로써 식품위생이 강화되고 있던 상황에서 난맥을 이루던 개의 사육과 도축 그리고 유통과정을 그대로 놔둘 수만은 없었을 것이다. 그러니까 정부 당국이 보신탕 업종을 한국의 고유한 음식산업으로 보호하고 관리와 육성에 나섰더라면 누렁이들이 살아갈 수 있는 환경이 지금과 같은 삭막한 현상까지는 내닫지 않았을 지도 모를 일이다.

지금도 보신탕이 사라진 것을 아쉬워하는 일부 시민들은 이런 제언을 하고 있다. 서양 사람들이 기르는 애완견과 한국인들이 육식해온

〈똥개〉 고기는 그 종류부터가 다르다는 것이다. 똥개는 다 크면 무게가 삼십 또는 사십 킬로그램에 이를 만큼 크며 먹이도 가정에서 나오는 쌀뜨물과 당겨와 채소 등 비 육류를 먹이로 삼기 때문에 서양의 애완견이나 반려견과는 종류와 생성이 전혀 다르다는 것이다.

그러나 정부가 올림픽을 치르기 위해서 프랑스 영국 미국을 비롯한 서양 사람들의 주장을 못 이기는 체 받아들였고 따라서 한국의 〈먹는 개〉를 사육할 행정적인 지원이나 대책을 세우지 않았기 때문에 보신탕이 스멀스멀 자취를 감추게 되었을 것이다. 그러니까 언제가 될지 모르지만 한국의 〈똥개〉는 다시 합법적으로 사육해야 마땅하고 그렇게 되는 것이 재래로부터 있어오던 우리 겨레들의 식성을 지키게 된다는 것이다.

서울에서 올림픽이 열리던 그때에도 한국 사회 한 모퉁이에서 반려견이란 낱말이 간혹 나돌기는 했었다. 반려견이란 시력을 잃은 사람이나 멀쩡하던 사람이 중도에 시력이 부실해져서 앞이 보이지 않는 시각장애인들을 보호하고 돕는 개로 알려졌다. 그러니까 반려견은 이런 장애인들의 간단한 보행을 돕는 것에서 시작하여 그들이 일상생활을 해나가는데 있어 가까이에서 많은 길잡이 역할을 해주는 짐승으로 알려져 왔었다.

그러나 그 무렵 애완견이란 이름은 지극히 생소했다. 한정된 상류사회 사람들에게만 알려진 낱말이었다. 애완견들은 사육하는 사람들이 개를 가족의 일원으로 받아들여서 사람이 기거하는 방안에서 기를 뿐 아니라 가난한 사람들은 감히 엄두 낼 수 없는 많은 값으로 사고팔 뿐 아니라, 값비싼 육류를 주된 먹이로 삼으며 모든 질병이 생기면 동물병원에서만 치료를 받게 하는 등으로 사람 못지않게 돌봐야 되기 때문에 한국의 서민들에게 있어서는 〈신주단지 같은 상전〉으로 여겨질 수밖에 없었다.

그렇던 애완견이 많은 세월이 흘러가면서 지금에는 한 집 건너 한 마리씩 보일 정도로 기르는 집이 기하급수적으로 엄청나게 늘어났다. 정확한 숫자까지는 알 수 없지만 줄잡아서 우리나라 인구의 십 퍼센트는 되지 않을 까 하는 어림이 늘 정도다. 내가 살고 있는 양평의 층층 살림집 마을에도 여러 집에서 애완견들을 기르고 있었다. 자기 집의 드나드는 문을 열고 나와서 승강기를 타는 여성들 가슴에는 어김없이 눈에 뜨일까 말까 하는 작은 애완견들이 한두 마리씩 안겨져 있음을 쉽게 바라볼 수 있기 때문이다.

많은 사람들이 살아가는 층층 살림집에서 애완견을 기르다 보니 자주 짖어대거나 우는 소리가 이웃 사람들의 귀청을 때릴 때가 많아서 이 애완견들의 습성이 참으로 고약하다는 느낌마저 주고 있는 게 사실이다. 출입문 밖의 계단이나 복도로 낯선 사람이 지나가기만 해도 자기네 집에 오는 사람으로 속단하는지 앙칼지게 짖어대기 때문이다. 이를 역겹게 생각하여 참지 못한 주민들이 관리사무소에 진정을 하기 때문인지 가끔 이웃을 배려하여 애완견을 잘 관리해 달라는 경비원들의 방송마저 들리고 있을 정도이다.

따져보면 애완견을 기르는 사람들은 그 동물을 자식이나 되는 것처럼 귀여워하는 것 같다. 애완견이 시도 때도 없이 악을 써가며 짖어대기 때문에 이웃사람들에게 불안과 고통을 안겨주고 있지만 이런 역겨움을 고칠 생각은 전혀 하지 않는 것이다. 이것은 동물을 사랑하는 사람들의 기본적인 행동도 아니고 가축을 기르는 문명인의 몸가짐도 전혀 아니라고 볼 수밖에 없다. 어찌 보면 누리고 살아가는 가진 사람들의 또 다른 횡포이거나 더불어 살아가는 도시인의 자세를 모르는 행동으로 보일 수밖에 없는 일이다.

나도 시골에서 자라나던 어릴 적에는 어른들 사이에 끼어들어서 마을 어른들이 끓여낸 보신탕이라는 〈개장국〉을 더러 얻어먹은 적이 있었는데 그게 버릇이 되었는지 직장생활을 시작하고부터는 가끔씩 친지들과 어울려서 이른바 〈보신탕〉을 끓여 파는 음식점을 드나들었던 기억이 남아있다. 천구백팔십년대 초반까지만 해도 내가 매일 출퇴근길에 지나쳤던 서울 종로통의 청진동 골목에는 이름이 널리 알려졌을 뿐 아니라 시민들이 많이도 찾아들었던 유명한 보신탕집이 여러 곳이나 있었다.

그러나 많은 세월이 지나간 지금은 그 음식점들이 모두 온데간데없이 사라졌다. 잘은 모르지만 보신탕집을 지켜갈 수 없을 만큼 각종 매스컴들이 보신탕을 사흘돌이로 고약한 음식으로 매도하여 보도했으니 그곳으로 향하던 서민들의 발길이 다른 곳으로 옮겨갈 수밖에 없었을 것이고 보신탕집을 경영하던 업자들이 스스로 간판들을 내릴 수밖에 없었을 것이다.

이런 현상은 서울뿐만 아니다. 내가 살고 있는 시골인 양평에도 보신탕 맛이 꽤나 괜찮다고 알려졌던 이곳저곳의 음식점들이 거의 문을 닫고 사라진 지가 오래되었다. 그런 일이 어디 서울과 양평에서 뿐이겠는가. 전국에서 보신탕을 즐기던 사람들을 상대하던 수천수만 개소의 음식점들이 바람처럼 불어온 혐오 음식이라는 오명에 밀려 시나브로 문을 닫았을 것이다.

이렇게 연면히 이어져 오던 재래음식이 사라지면서 우리 민족이 오랫동안 즐겨오던 음식문화의 하나인 보신탕은 미개한 민족들이 즐기던 잔인한 습관쯤으로 점이 찍혀서 사라지고 말았으니 못내 언짢기만 하다.

잠시 들어왔다가 떠나가는 외국의 여행객들이야 그럴 수도 있다고 하지만 수많은 한국인늘이 그 바람에 얹혀서 우리들의 재래하던 먹을거리를 퇴출시키는데 힘을 보태고 앞장섰었다는 것은 조금 엉뚱한 이야기일지 모르지만 외세에 빌붙어 살아왔던 식민지 근성을 버리지 못한 공무원들과 이들과 어울린 매스컴의 어리석은 행동이라는 비난을 받고도 남을 일이기만 하다.

한 마리에 몇백만 원을 호가하는 서양의 애완견들을 비싼 외화를 주고 사들여서 키워야만 문화인이고 현대인이 되는지는 정말로 모를 일이다. 기르던 가축을 잔인하게 죽이기 때문에 보신탕이 〈혐오 음식〉의 축에 든다면 왜 서양 사람들은 자기들 동족들이 기른 소와 돼지나 양 같은 가축들은 멋대로 잡아먹어도 되는지 그 올바른 대답을 듣고 싶다.

그것이 서양 사람들의 문화이고 버릴 수 없는 전통이라면 한국인들이 집에서 기르던 개를 식용하는 것도 분명한 우리 음식문화의 한 갈래라는 사실이다. 왜 아시아의 변두리에 있는 나라가 하면 지탄을 받아서 사라져야 하고, 아메리카나 유럽 같은 서양의 강대국들이 하는 짓거리들은 대단한 전통이 되고 합법이 되는지 도무지 헤아릴 길이 없는 것이다.

우리나라에 서양의 문화가 들어온 것은 이제 겨우 이백 년 이쪽저쪽이다. 한때 외국 문물을 배척하던 우리 민족이었지만 금세기 들어서면서 외국 문물을 적극적으로 받아들여 이제는 서양의 어떤 나라 못지않은 첨단산업과 문명문화를 구가하고 있다. 그렇다면 이제는 우리도 우리의 고유한 문화와 풍속을 지켜가면서 외국의 문물을 조화롭게 받아들 수 있는 슬기를 발휘해야 될 때가 아닐까. 솜털같이 이어지던 우리의 전래풍속과 음식문화를 외국인들의 엉뚱한 비난과 핍박 때문에 헌신짝처럼 져버리는 것은 참으로 어리석고 못마땅한 행동이 아닐 수 없는 것이다.

이런 비참한 사태를 만든 모든 책임은 오직 한국의 매스컴들에게 있다고 나는 단언한다. 외국 사람들과 외국 언론들이 우리 문화와 우리 풍속을 잘못 알고 있을 때 그것을 〈그렇지 않다〉고 올바로 알려야 할 책임은 우리 언론들에게 있기 때문이다. 개항 이래로 언론들은 자기들의 막대한 이권을 얻기 위해서 줄곧 외세에 빌붙어서 그네들의 앞잡이 노릇만 해왔기 때문에 노예나 다름없이 아무런 설명과 항변도 내놓지 못하고 이런 슬픈 현상을 그대로 받아들이고 말았던 것이다.

참으로 안타깝다. 〈분명히 말해서 한국의 개는 서양 사람들이 기르는 애완견이나 반려견과는 그 종류가 다른 가축이다. 따라서 집에서 기르는 누렁이를 원료로 삼아서 만드는 한국의 보신탕 문화는 가난하게 살아왔던 이 땅의 장삼이사 같은 하층사회 사람들이 나물만 먹어오던 사람의 몸에 높은 단백질을 집어넣어 넣을 수 있었다는 장점만으로도 모든 서양인들이 배워야 할 우리 겨레만의 독특한 음식문화〉인 것이다.

(2020..8..30.)

의술과 인술

사람이 살고 있는 지구촌을 휩쓸고 있는 돌림병인 코로나일구가 온 나라 안으로 번지고 있는 가운데 치료 현장에서 환자들을 돌보고 있던 전공의들이 정부 당국의 간곡한 호소를 뿌리치고 한 달 가까이나 벌였던 〈집단휴진사태〉가 지난 구월 칠일 가까스로 마무리가 됐다. 누가 봐도 틀림없는 파업이었지만 집단휴진이란 받아들이기 힘든 이름을 내건 의사들의 이번 파업은 정확하게 대한민국 정부가 제정 시행하고 있는 의료법 오십구조 위반이었다.

전공의들을 비롯해서 네 개의 의사단체가 이심전심으로 참여한 이번 의료파동으로 한동안 진료와 수술을 못 받고 고통을 받아오던 환자들이 뒤늦게나마 의술의 혜택을 받게 되면서 이 사태가 어떻게 마무리 될까를 지켜보던 시민들은 일단 불안감을 덜 수 있게는 됐다. 그러나 이번의 불법 의료행위가 벌어지는 과정에서 의사단체들이 보여준 상식을 밑도는 행동들에 대해서는 시민들의 매서운 비판을 받지 않을 수가 없을 것이다.

민주국가를 구성하고 있는 시민들이 정부가 시행하려는 정책을 충고하거나 반대하는 것은 기본적인 권리라 할 수 있다. 그러나 코로나 돌림병 치료에 나섰던 의사단체들이 정부의 방역정책을 빌미삼아 집단행동을 벌이게 되자 정부는 심사숙고 끝에 투쟁의 근거가 되었던 이른바 사대정책의 실시를 〈유보〉하겠다는 성명을 발표한 뒤 앞으로의 일은 의사단체 및 시민단체 등과 협의를 통해서 새로운 방역정책을 마련하겠다고 한발 물러섰었다.

어쨌거나 돌림병이 전국적으로 번져서 상당수 전공의들이 진료현장에서 환자들을 치료하고 있는 때에 의사단체들이 정부의 방역정책을 빌미 삼아서 집단휴진을 벌였다는 것은 참으로 안타까운 일이었다. 그렇지만 뒤늦게나마 네 가지 현안에 대해서 정부 쪽과 조율을 이뤄 민간협의체를 만들어 토론하기로 하고 집단휴진을 풀었던 것은 참으로 다행스런 일이었다.

그러나 이번 집단휴진 과정에서 드러난 의사단체들의 비민주적인 의사결정 과정이 비판의 대상이 되었다. 사단법인인 의사협회 밑의 일개 구성단체인 대한전공의협의회가 의협이 정부 국회 등과 협의해서 가까스로 만들어낸 합의안을 여러 차례나 뒤엎어버리는 이해 못할 나쁜 몽리를 부리다가 지난달 삼십일엔 집단휴진 연장을 부결시켰던 일차 투표결과까지 뒤집으면서 모처럼 마련됐던 토론의 마당을 걷어차기까지 했었다.

되풀이 되는 말이지만 민주주의 방식이란 모든 행동에 책임이 뒤따른다는 사실이다. 그럼에도 전공의들은 책임에는 눈을 감았고 자신들의 권리만 주장했었다. 의사들이 집단휴진에 들어가면 환자들이 고통을 겪을 것을 뻔히 알면서도 아랑곳 하지 않았던 것이다. 처음엔 응급실과 중환자실 등 환자들의 목숨과 이어지는 응급의료현장의 업무는 제외하고 다른 곳에서만 집단휴진을 강행한다는 것이었지만 그 약속마저 헌신짝처럼 내버렸었다.

이번 전공의들의 집단휴진을 한국의 신문방송들은 〈이십 년 만의 파업〉 또는 〈전공의 파업〉 등으로 크게 보도했다. 그러나 자유민주국가인 대한민국에서 어떻게 의사들이 파업을 벌일 수 있겠는가. 노동자의 파업은 노동단체가 근로기준법 등 관계 법률에 따라서 조합원들의 찬반 투표와 노동위원회의 조정 중재 등을 거쳐서만 비로소 가능한 것이다. 그런데 의사협회의 일개 구성단체에 지나지 않는 전공의단체는 법규상 파업을 할 수 없으니까 집단휴진이라는 생소한 낱말을 빌려서 불법파업을 감행했던 것이다.

그리고 이 전공의들과 아울러 비판을 받아야 할 세력은 의대생들을 지도하고 교육시키는 의과대학의 〈교수〉라는 사람들이다. 이들은 전공의들의 집단휴진을 모르는 척 눈을 감았을 뿐 아니라 대놓고 지지하고 후원했으므로 결과적으로 파업행위에 동참한 것이나 다름없었다. 의과대학의 교수들이란 참된 의료인들을 길러내는 스승들이다. 그들에 의해서 인격체를 가진 인술의 의사가 길러지는 것인데 이번에 의과대학 교수들은 전공의들의 집단행동을 동료애나 동지애로써 지지하고 감쌌다고 볼 수밖에 없기 때문이다.

나라마다 국가의 의료정책이 다른 것은 어쩌면 당연하다. 우리정부가 지금 의대생을 해마다 오십 명씩 증원하려는 깊은 뜻은 의료혜택이 미치지 못하는 농어촌의 벽지가 많기 때문이다. 모든 젊은 사람들이 도시지역으로 몰려들어서 농어촌은 지금 노인들만 살아가는 특이한 벽지로 낙후하고 있다. 분명하게 말해서 해마다 의과대학을 졸업하는 신생 의사들은 농어촌지역에서의 근무를 포기 또는 기피하고 도시병원으로만 몰려들고 있는 것이다.

그러니까 증원하려는 해마다 오십 명의 의대 졸업생들은 이름 그대로 근무지역이 농어촌으로 고정될 한지 의사들이다. 의사들이 없는 한편 농어촌 주민들에게도 의료혜택을 주려고 정부의 공무원들이 머릴 굴려서 내놓은 정책이다. 이번 사태를 통해서 밝혀진 우리나라 인구 일천 명당 활동 의사 수는 겨우 이점 사 명으로서 경제협력개발기구 회원국 평균인 삼 점 사명과 비교해서 겨우 칠십일 퍼센트에 지나지 않는 다는 것이다.

시민들이 이번에 크게 실망한 것은 인술을 펴는 의사들이 속되게 말해서 자기들의 밥그릇을 챙기기 위해 집단휴진사태라는 말도 안 되는 몽리를 부렸기 때문이다. 〈노동자〉로 분류될 수 없는 의사들이 어떻게 파업이나 다름없는 집단휴진에 가담하였던가 하는 점이다. 한국 사회에서 융숭한 예우와 높은 급료로 대우받고 있는 의사선생님들이 자신들이 가지고 있는 의술을 무기 삼아서 밥그릇 싸움을 벌였던 것이다.

히포크라테스의 선언을 들먹이지 않더라도 의사는 인류의 질병을 치료한다는 사명감 때문에 사회로부터 흠모와 존경을 받는 존재들이다. 우리 시민들은 병원에 가면 의사와 간호사들에게 어김없이 〈선생님〉이란 극단의 존칭을 쓰고 있다. 그것은 의료인들의 헌신적인 노력에 보답하는 환자들의 최소한의 예의이고 행동인 것이다. 따라서 의사들은 시민들의 이 같은 존경심에 어긋나지 않는 몸가짐을 해야 〈의술이 곧 인술〉이라는 우리의 아름다운 전통에 응답하는 길이 되지 않겠는가?

다른 나라의 이야기지만 독일은 올해부터 의과대학 입학정원의 절반을 늘리겠다는 정책을 발표했다. 또 해마다 의과대학을 졸업하는 의사의 십 퍼센트를 지방에서 근무하도록 〈농촌지역 의사할당제〉를 각 수마다 시행하겠다는 것이다. 이런 독일 정부의 과격적인 조치는 코로나일구라는 돌림병이 전 세계를 휩쓸고 있는 과정에서 겪고 있는 쓰라린 경험이 곧바로 시민들을 위한 정책으로 이어진 것이 아닌가 하는 생각이 들기도 한다.

미국은 우리 모두가 인정하는 세계에서 가장 잘사는 나라이고 최대 강대국이고 패권국가다. 그런데 그런 미국에서 살고 있는 시민들은 어떻게 공공의료 혜택을 받고 있는 것일까? 한 사람의 예를 들어보겠다. 절대로 놀라서는 안 된다. 미국 콜로라도 덴버에 사는 버트 데니스 라는 사람은 지난 오월 코로나에 감염돼 어떤 대학병원의 집중치료실에서 보름 동안 입원 치료를 받았는데 의사의 진료비와 약값으로 우리 돈 약 십억 원인 팔십사만삼백팔십오 달러를 냈다고 한다.

그러나 데니스 씨는 개인적으로 의료보험을 들었던 고소득자이기 때문에 치료비 전액을 보험회사가 지불해서 본인은 일 원 한 장 내지 않았다는 것이다. 그러니까 미국에서는 전체 국민에게 의료보험을 실시하지 않고 있으므로 고액의 불입금을 부담할 수 있는 돈 있는 사람들만 개인적으로 의료보험에 가입하는 특이한 국가인 것이다. 따라서 누구나 의료혜택을 받는 한국인들은 이런 기막히고 엄청난 치료비가 적힌 미국병원의 내역서만 보는 것으로도 현기증을 느끼지 않을 수 없는 것이다.

하지만 미국대륙의 플로리다 남쪽에 붙어있는 쿠바라는 나라의 이야기를 들어보면 참으로 재미있다. 그 나라는 비록 가난하지만 누구든 기본적인 의료보험 혜택을 누리고 있기 때문에 돈 있는 사람들만이 혜택을 받는 미국과는 대조를 이루고 있다. 쿠바는 시민혁명이 일어난 천구백오십구년부터 의료정책의 기본을 모든 시민에게 적용하고 있는데 그 핵심은 의사 한 사람과 간호사 한 사람이 짝을 이뤄 육백 명에서 일천오백 명이나 되는 주민들의 건강을 담당하고 관리하는 〈가정주치의〉 제도를 실시하고 있다는 것이다.

이 제도를 철저히 활용하고 있는 쿠바는 이번 코로나일구 돌림병이 전 지구촌을 휩쓸고 지나가는 어려움 속에서도 뛰어난 예방과 치료효과를 톡톡히 보고 있다는 것이다. 영국의 일간 〈가디언〉지는 쿠바의 가정주치의들이 매일 아침 자신이 맡고 있는 주민들을 찾아가서 상황을 판단하여 알맞게 대처하고 있기 때문에 쿠바의 돌림병 환자가 다른 나라에 비해서 적게 발생하고 있을 뿐 아니라 완치율도 꾸준히 늘고 있다고 전하고 있다. 따라서 독일과 미국과 쿠바의 실례는 전체 시민이 의료보험 혜택을 받고 있는 우리나라 사람들에게 그 울림이 크다고 하지 않을 수 없다.

거듭 말하지만 이번 집단휴진 과정에서 보여준 대한민국 의사단체들의 의식과 행태는 우리 사회의 밑바닥 수준이었다고 말해도 지나침이 없을 것이다. 오만 독선 아집 무책임 몰염치 등에 얽혀서 그들은 민주사회를 움직여 나가는 중심축은커녕 일반시민들의 수준에도 이르지 못했다는 비난에 휩싸이고 있는 것이다. 더구나 의술을 공부하고 있는 의과대학생들의 국가시험 집단거부 사태는 그 자체로도 정부 정책을 뒤집으려는 오만불손한 작태가 아닐 수 없는 것이다.

이것은 자기들만의 특권의식에 사로잡혀서 우리가 살아가는 공동체의 기본원칙을 허무는 이기주의 세력들의 나쁜 행태이기 때문에 시민들의 촛불시위로 태어난 지금의 정부는 더 이상 그들의 그릇된 행동을 용납하지도 말고 특혜를 베풀지도 말아야 하며 법규대로 엄중하게 다뤄야 할 것이라고 시민들은 입을 모아 말하고 있다.

한국의 시민들은 흔히 고등학교와 대학에서 공부를 잘했던 머리 좋은 학생들이 의사가 되었다고 믿고 있다. 그러니까 의사들은 그 덕택으로 안정적인 직업을 얻어서 최상의 대우를 받으며 우리나라 상류사회의 일원으로 살아가고 있으므로 그에 걸 맞는 사회적인 활동을 해야 옳을 것이다. 이번 집단휴진 같은 비민주적이고 상식에 어긋나는 행동을 또다시 보인다면 시민들의 사랑과 존경과 흠모를 잃게 될 것이 틀림없다.

사실 엄밀하게 다져보면 의술과 인술은 애초부터 공존할 수가 없다. 다만 인술과 의술이 공존하는 것처럼 보였기 때문에 공존할 수가 없는 〈인술〉이 우리의 공동체 사회에서 극진한 존경과 흠모를 받아왔던 것이다. 의술이 이런 본바탕을 돌아보지 않고 자기 욕망에 치우칠 때 평범한 시민들은 존경심을 거둬들일 수밖에 없을 것이다. 치료비를 내지 않는다고 병든 사람들을 죽음으로 내모는 의사들은 인술이 뭔지 모르거나 아예 인술 베풀기를 포기한 돈 밖에 모르는 의사일 것이기 때문이다.

(2020.9.)

명장과 졸장

만 백 살, 그러니까 이 세상을 일세기 동안 유복하게 살아왔던 백선엽 씨가 지난 팔월 십일 밤 세상을 떠났다. 천구백이십년 평안남도 강서군에서 태어났던 백 씨는 평양사범학교를 졸업한 뒤 스물한 살이던 천구백사십년에 일본 괴뢰국인 만주국의 신경군관학교 사관생도 구기로 입교하여 졸업하였으며 그 뒤 다시 일본육군사관학교에 편입하여 특기생이 되었었다. 그 뒤 만주군 장교로 임관한 천구백사십삼년부터 해방이 되던 천구백사십오년까지는 일본이 조선의 민족주의자들을 소탕하려고 만주국에 설치했던 〈간도특설대〉라는 무서운 부대에 초급장교로 들어가서 삼 년 동안이나 항일독립군 소탕 작전에서 크게 활약했던 무서운 사람이다.

천구백사십오년 팔월 십오일 제이차 세계대전을 일으켰던 일본이 미영소연합군에 패망하면서 조선이 일본의 식민지에서 풀려나 독립되자 곧바로 간도특설대를 탈출하여 조선으로 들어온 백씨는 남한에 주둔하고 있던 미군 군정청이 세운 군사영어학교를 수료하고 남조선

국방경비대의 고급장교가 되었고, 승진에 승진을 거듭하여 대한민국 정부가 수립되고 정식으로 국군이 창설되자 임관한지 이태 만에 육군 대령이란 높은 계급을 달고 국방부 정보국장이 되었다.

누구보다도 무운이 좋았던 그는 천구백오십년 육이오 한국전쟁이 일어난 뒤에는 곧바로 장군으로 승진하여 육군 제일사단장과 오사단장에 이어 제일군단장 제이군단장을 두루 거치면서 여러 지역에서 벌어진 인민군과의 선투에 참가하였고 휴전이 되기 직전에는 한국군 최초로 육군대장으로 승진하여 육군대학 총장에 이어 육군참모총장과 합동참회의 의장을 지내는 등 한국 육군의 원로 장군으로 칭송을 한 몸에 받았다.

천구백육십년 군복을 벗은 백씨는 같은 신경군관학교 출신으로 이군 부사령관인 박정희 소장이 오일육 군사 반란을 일으켜서 제이공화국 민주정부를 뒤엎고 국가권력을 찬탈하여 대통령이 되자 그 정부에 들어가서 자유중국 주재 대한민국특명전권대사로 활약했으며, 국내로 들어와서는 교통부 장관을 지내기도 했고 이어서는 국영기업체인 충주비료주식회사와 한국종합화학주식회사 사장으로 재임하기도 했었다.

백씨가 임종하기 몇 달 전인 지난 오월 국가보훈처 관계자는 그가 사망한 뒤 서울의 동작동 국립묘지와 대전 국립묘지 등 어느 곳에 묻히기를 희망하느냐는 참으로 얄궂은 설문을 보내서 세상의 화제가 되기도 했었다. 대한민국재향군인회 쪽에서는 “백씨는 한국전쟁을 통해서 남다른 공적을 남긴 전쟁영웅이기 때문에 서울의 동작동 국립현충원에 모셔야 한다”는 주장을 폈지만 광복회 등 민족주의 세력 쪽에서는 〈일본이 만주국에다 세웠던 간도특설대에 복무하면서 일본의 조선 식민통치를 종식시키기 위해서 싸우던 한국광복군 섬멸에 헌신한 친일파이자 반민족 군인을 동작동 국립현충원에 안장한다는 것은 민족을 배반하는 행위〉라고 반대의 뜻을 분명히 했었다.

이곳에 묻히느냐 저곳에 묻히느냐로 옥신각신하던 백씨의 영결식은 지난 팔월 십오일 오전 일곱시 삼십분 서울 아산병원에서 대한민국 육군본부 주관으로 열렸으며 유해 안장식은 이날 오후 국립대전현충원에서 거행됐다. 영결식에는 유족으로 부인 노인숙 씨와 아들 백남혁 씨 남홍 씨 그리고 딸 백남희 남순 씨 등이 나왔고 그밖에 기라성 같은 대한민국의 예비역 장성과 여야당 인사들이 참석하여 고인을 추모했다고 보도들은 전했다.

육이오 직후 전쟁에서 싸우다 산화한 이름 없는 군인들을 위해서 국군 묘지라는 이름으로 만들어진 서울시 관악구 동작동의 국립현충원은 민족의 얼이 서린 엄숙한 공간이다. 그런데 지금 이곳에는 일본이 조선을 침략하여 식민통치를 실시할 때 그 주역이나 하수인으로 〈부역〉 하면서 겨레들을 배반하고 일본 정부에 공훈을 세웠던 오십육 명이나 되는 친일파 군인들이 가장 넓은 윗자리에 묻혀있다.

이 쉰여섯 사람의 군인들 가운데 이십 명은 일본육군사관학교를 나와 일본군 장교로 복무하면서 〈친일 활동〉을 앞서서 자행했던 사람들이며 이밖에 서른여섯 명은 일본이 만주국에 세웠던 신경군관학교를 졸업하고 장교로 임관한 군인들이고, 특히 이 가운데 열네 명은 한국 광복군을 무력으로 섬멸하고 탄압했던 무서운 간도특설대에 복무하면서 조국과 겨레를 배반한 특이한 이력을 가졌던 군인들이라는 사실이다.

그런 친일파들을 국립현충원에 안장하도록 방치하거나 묵인한 잘못은 대한민국 정부가 출범한 뒤 칠십여 년 가운데 육십여 년 동안 정권을 잡았던 이승만을 비롯한 보수 기득권 세력들에게 있는 것이다. 그들이 민족정기를 말살한 배신자들을 묵인하고 용납했을 뿐 아니라 한국전쟁의 영웅으로 받들었기 때문에 지금과 같은 잘못된 상황이 벌어져 있는 것이다. 따라서 친일 분자들의 잘놋을 지금에 와서 바로잡기는 참으로 어렵게 되었다. 죽은 유해가 한번 동작동이든 대전이든 국립 현충원의 장군묘역에 들어와서 묻힌 뒤에는 그의 과오를 따져서 그들의 유해를 강제로 다른 곳에 이장시킨다는 것도 말로는 쉽지만 실행하기는 참으로 어려운 일이기 때문이다.

지난 오월 십오일 실시한 총선으로 출범한 이십 일대 국회에서는 국립묘지에 안장된 친일 행적을 가진 사람들의 분묘를 이장시키기 위한 〈국립묘지법 개정안〉이 더불어민주당 국회의원들에 의해서 발의돼 심의를 기다리고 있다고 한다. 그러나 법률을 제정하기에 앞서서 이런 심각한 우여곡절이 뒤엉켜있기 때문에 과연 국회 본회의에서 법안이 통과 될지의 여부는 경과를 조금 더 지켜봐야 할 것 같다.

거듭 말하지만 지금 서울 동작동의 국립현충원과 대전현충원에는 모두 쉰여섯 명의 친일파 군인들이 국가유공자라는 이름으로 특별묘역에 묻혀있다. 이름들을 각기 열거하거나 훑어보면 대한민국의 시민들 모두가 알고도 남을 만큼 유명한 군인들이다. 그러니까 이 친일파 군인들은 일제 식민통치시대에 겨레들을 배반하고 일본천황에게 충성을 맹세한 뒤 자기가 태어나서 자라난 자기의 조국인 조선을 타도

하는데 앞장을 섰었던 추악한 공적을 보유한 파렴치한 사람들이다.

중일전쟁 이후 대구사범학교를 나와 문경보통학교 교사가 되었던 박정희는 교사직을 헌신짝처럼 버리고 일본이 만주국에 세운 신경군관학교에 들어가서 제이기생으로 졸업하여 일본군 중위로 임관했던 경력을 가졌지만 죽은 뒤에는 동작동 대통령 묘역에 안장 되어있으며 이밖에 일본 육군사관학교 출신인 김석원 이응준 신태영 채병덕 이형근 이용문을 비롯한 이십 명의 친일 군인들이 동작동의 국립묘지 장군묘역에 묻혀있다.

그리고 일본국의 괴뢰국이었던 만주국이 세운 신경군관학교 출신인 예비역 장군이고 박정희 밑에서 국무총리를 지냈던 정일권, 그밖에 송석하 김백일 이주일 박임항 김동하 이한림 강문봉 등 무려 삼십육 명에 이르는 친일파 군인들의 유해가 국립 대전현충원 묘역에 묻혀있는 것이다.

이 가운데서 더욱 문제가 제기되고 있는 사람이 일본군 사병이었다가 해방이 된 뒤에 한국군에 들어와 장교가 되고 장군으로까지 승진해서 이승만 정권 밑에서 육군특무부 대장으로 무소불위의 칼을 휘둘렀으며 같은 군인이었던 강문봉 중장의 살해 배후 인물로 떠올랐던 김창룡이란 사람이다. 그가 죽은 뒤 육군 중장의 계급 때문에 동작동 국립현충원에 안장되자 수많은 시민들이 부당한 처사라고 정부에 반론을 제기했었지만 지금까지 아무런 불이익을 받지 않은 채 그대로 그곳에 묻혀있는 것이다.

사실 지나간 자신의 잘못을 회계하고 고백한다는 것은 참으로 힘든 일인 모양이다. 원로시인으로 추대되었던 어떤 문인도 해방 이전에 발간된 몇 잡지에 발표했던 자신의 시가 친일 작품이었다는 비판이 해방 이후 끈질기게 일었었지만 흔쾌하게 "내가 그때 조국을 배반하는 큰 잘못을 저질렀다. 대한민국 국민들에게 면목이 없다, 라는 반성이나 해명을 살아생전에 발표하지 않았으니 속죄한다는 것이 그렇게 어려운 것인지도 모른다.

우리는 곧잘 명장과 졸장을 아울러 말한다. 그러니까 전장에 들어가서 죽음을 두려워하지 않고 용감하고 흔쾌하게 싸우는 부인을 용장이라고 추켜세우고 싸움터에서 목숨이 아까워 적의 진격을 피해 달아나거나 숨어버리는 비겁한 무인을 졸장이라고 경멸한다. 천군만마를 거느리는 장군이란 옛날이나 지금이나 기세가 등등하고 용감해서 전장에 임해서는 물러섬이 없고 부하로 거느리는 졸병들을 사랑과 자애로 감싸는 슬기롭고 의젓한 군인을 명장으로 칭송해 왔던 것이다.

지금 우리 사회는 권력을 거머쥔 통치권자나 집권 세력에 잘 보여서 승승장구하여 무수한 별을 달고 권력을 누렸던 군인들을 통칭해서 장군이라고 부르고 있지만 그들 모두가 국가를 위해서 충성하는 참다운 군인이었었는지, 아니면 국민의 세금을 축내고 국가의 존립을 위태롭게 하는 부패한 장군이었는지 그것을 객관적으로 평가할 기준이 모호한 상태이다. 따라서 누가 명장이고 졸장인지 쉽사리 단정하기가 참으로 어렵기만 한 세상이다.

(2020.9.14.)

생일과 미역국

지난 주말에 둘째네 식구들이 양평을 다녀갔다. 아무리 바빠도 한 달에 한 번씩은 아버지 어머니를 찾아와서 잘 지내고 있는지 문후를 살피는지라 그 애들이 다녀간 지가 벌써 한 달이 지나갔었나, 라고 생각하고 있었는데 실상은 그게 아니었다. 그다음 날이 제 생일날이라 부모 앞에서 생일 밥상을 차려 먹으려고 제 아내와 손자 아이를 데리고 생일에 먹을 음식 재료를 장봐 가지고 왔었던 것이다.

딴 살림을 하고 있는 아들과 며느리가 제 남편의 생일상을 저희 집에서 차려주지 않고 부모가 살고 있는 집으로 와서 차려주려는 것은 무슨 뜻이며 또 자신의 생일상을 어머니에게 차려드린다는 말이 무엇을 의미하는지 부모들과 따로 살아가고 있는 핵가족 사회의 다른 집 사람들은 얼른 알아듣기 어려울 것이다. 요즘을 살아가는 한국의 평범한 집안의 풍속으로는 일찍이 들어보지 못한 일이기 때문일 것이다.

오래 전부터 한국 사람들은 잘 사는 사람들과 가난한 사람들을 가리지 않고 거의가 생일날 아침에 쌀밥에 미역국을 끓여 먹는다. 그 밑절미야 자세히 알아보지 않았지만 이것은 꽤나 오래 전에 시작된 우리 겨레들 생활 속에 담겨진 아름다운 풍속의 하나이다. 자신이 태어난 날 아침에 어머니로부터 쌀밥과 미역국을 얻어먹는 사람은 두말할 것 없이 생일을 맞은 나이 어린 자녀들이다. 그런데 그 생일 미역국을 얻어먹고 자라난 자녀들은 성인이 되어 부모 슬하를 떠나간 뒤에는 부모 대신 자기 아내로부터 미역국이 올라오는 생일 밥상을 받는 것이다.

우리는 이런 바람직한 풍속을 어려서부터 부모로부터 그대로 물려받아서 이어왔다. 따라서 어른이 된 뒤에도 왜 생일날 미역국을 먹는 것인지 바탕을 따지지 않고 누구든 생일날 아침에 미역국을 끓여 먹는 것을 당연한 일로만 알아 왔고 그걸 자자손손 대를 물려서 이어가고 있는 것이다. 참으로 자랑스러운 전통이라고 말하면서도 우리가 어찌하여 그런 고유한 풍속을 잃어버리지 않고 이어가고 있는 것인지 의아해할 때가 있는 것이다.

요즘 시장에 나오는 미역은 거의가 양식하는 것들이 많다지만 바다에서 스스로 자라난 미역이란 바다에서 나는 나물 가운데서 칼슘의 함유량이 가장 많다고 전해지고 있다. 더구나 말린 미역에는 당분이 오십 퍼센트에 단백질이 십삼 퍼센트나 들어있다는 과학적인 분석도 있다. 따라서 아득한 옛날부터 아이를 낳은 어머니들이 이 미역국을 먹게 되었던 것은 미역 자체의 영양분을 따져 봐도 또한 좋은 먹을거리가 분명했었기 때문일 것이다.

그러나 국토가 엄청나게 넓은 이웃나라 중국 사람들은 바다에서 건져낸 김은 먹으면서도 미역은 안 먹는다고 알려져 있다. 그러니까 중국 사람들은 아이를 낳은 산모에게 어떤 영양가 높은 음식을 먹이고 있는지 그것이야 알 수 없는 일이지만 우리나라처럼 풍속으로 미역국은 끓여 먹이지 않는 다는 것이다. 따라서 동북아시아 지역에 있는 여러 나라 가운데서는 우리나라와 일본 사람들만이 미역국을 즐겨 먹는 다는 것이다.

문득 미역 이야기를 하게 되니까 그것에 얽힌 지난날의 이야기 한 꼭지가 떠오른다. 아마도 아내가 둘째를 낳았을 때로 기억이 된다. 그때는 우리나라 모든 서민들의 살림살이가 좀 어려웠던 때가 아니었던가 생각된다. 우리 집안도 내가 명색 신문기자 직업을 선택한 뒤였지만 보수로 받는 월급이 쥐꼬리만 해서 교원생활을 하는 아내 혼자 여덟 사람의 가정을 꾸려가다시피 하던 때였는데 그때 미역 값이 한 오리에 쌀 한 말 값과 비슷할 만큼 엄청나게 비쌌다. 그야말로 금값이나 다름없어서 농촌의 가난한 집 어머니들은 아기를 낳고도 그 비싼 미역을 감히 사 먹을 엄두를 내지 못했었다.

때문에 아내도 둘째를 낳은 뒤 겨우 한 달쯤 몸조리를 하면서도 미역이 비싸서 겨우 한 오리 밖에 구해 먹지 못했던 것 같다. 더구나 흰쌀밥도 배불리 먹을 만큼 우리 집안의 살아가는 형편이 넉넉하지 못했으므로, 가난한 살림살이를 꾸려나가시면서 입맛이 남달리 까다로우셨던 아버지를 시중들고 산모인 며느리를 치송해야 했던 어머니가 얼마나 힘들고 서글프셨을까.

> 어버이 살아신 제 섬길 일란 다 하여라
> 지나간 후면 애닯다 어이 하리
> 평생에 고쳐 못할 일이 이뿐인가 하노라
>
> –조선 선조 때 문신 정철–

이미 여러 해 전이다. 어느 날인데 집안에 어떤 일이 있어서 가족들이 거의 모인 자리가 있었는데 아내가 굳어진 버릇을 바꿔보자는 놀랄만한 발언을 하였다. "아무리 생각해 봐도 생일날에 미역국을 끓여 먹는 바탕은 아이를 낳은 어머니를 위해서 생겨난 것이지 생일을 맞는 당사자들을 위함은 아닐 것 같다"면서 가정을 꾸려나가고 있는 한국의 어른들은 누구를 가리지 말고 생일날 아침에 자기를 낳아준 어머니와 아버지에게 미역국을 끓여 드려야만 올바르게 생일상을 차려 먹는 것이 될 것이라고 말이다.

나는 아내의 남다른 이 발언을 옳거니 하고 손뼉을 치면서 받아들였다. 미역국은 틀림없이 아이를 낳은 애 어미의 산후영양을 염려하여 먹게 되었던 음식일 것이 틀림없다. 가난하게 살던 우리 겨레들이 아이를 낳은 산모에게 영양을 섭취시키려고 먹이게 된 음식이 미역국인데 그 아이가 성장하여 어른이 된 뒤에도 생일날 아침에 산모나 다름없이 미역국을 얻어먹는 다는 것은 여러모로 다시 생각해 볼 일이었기 때문이다.

아내가 그렇듯이 생일에 미역국을 먹는 것에 대한 소신을 분명하게 밝힌 그해부터 자식들 가운데서 둘째 내외가 아내의 말을 곧바로 실천에 옮기기 시작했다. 그 명확하고 절실한 발언을 듣고 자식으로서 실행하지 않을 수 없었던 모양이다. 그러니까 어떤 해에는 제 생일날 어머니와 아버지를 자기들이 살고 있는 고장의 음식점으로 불러내서 미역국을 끓여놓은 생일상을 차려주기도 하였고 또 어떤 해에는 저희들이 여러 가지 음식거리를 장만해가지고 부모들이 살고 있는 곳으로 와서 쌀밥을 짓고 미역국을 끓여서 생일상을 정성껏 차려 주기도 했다.

그야말로 어머니가 말했던 〈생일〉이 어떤 날이라는 바탕의 뜻을 올바로 깨닫고 실천하는 행동이었다. 자식을 낳았던 어머니가 꼭 미역국을 한 그릇 얻어먹어서 맛은 아닐 것이다. 그까짓 일 년에 한 번인 자식의 생일에 미역국을 곁들인 생일 밥상을 못 받는다고 해서 눈곱만큼도 서운할 어머니들은 없기 때문이다.

지금까지 우리들이 지켜오고 있는 생일풍속이 어딘가 잘못된 것 같으므로 바로잡는 것이 바람직할 것이라는 어머니의 말씀에 공감하면서 자식의 도리를 다해보려는 그 마음, 자신을 낳고 길러준 부모의 은혜를 기리고 보답한다는 그 뜻이 흡족할 따름이었던 것이다.

아내의 말속에는 아들만 자기 생일날 어머니에게 미역국을 곁들인 생일 밥상을 차려드리라는 뜻이 아니었다. 며느리도 자기 생일날이 되면 친정부모를 모셔다가 쌀밥을 짓고 미역국을 끓이고 맛있는 음식을 장만하여 대접하면서 출산의 고통을 위로하고 자기를 길러주신 은혜에 감사를 드리라는 것이었다. 그러니까 아들과 며느리가 자신들의 생일날이 되면 모두 자기를 낳아준 부모들에게 미역국을 끓인 생일상을 차려드리라는 말이다. 이것은 얼마나 흐뭇하고 신선할 뿐만 아니라 권장할만한 새로운 풍속이란 말인가.

이것은 곰곰 따져 봐도 누구에게나 전혀 손해나는 일이 아니다. 생일상이라고 해서 그야말로 산해진미 같은 진수성찬을 거창하게 차리라는 것이 아니니까 말이다. 자기들이 평소에 차려 먹던 미역국을 끓인 생일 밥상에다 부모의 숟가락만 두 개를 더 놓을 뿐이고 자기들이 좋아하는 음식 외에 부모들이 평소에 즐겨 먹는다고 알려진 음식 한두

가지와 반찬 몇 가지를 더 장만하면 되는 것이기 때문이다.

그러니까 같은 생일을 해 먹으면서 부모를 위해서 차렸다는 마음의 뿌듯함까지 덤으로 얻을 수 있으니 그야말로 돌 한 개를 던져서 두 마리의 새를 잡는 꼴이 아닐까. 부모들이 즐겁고 자신들이 뿌듯하니 또한 일거양득이 아니고 무엇이겠는가. 새삼 따져봐도 자식들이 자신의 생일날 부모를 모셔서 생일상을 차려드리는 것은 서양 문물의 무분별한 도입과 신사유주의 사상의 유입으로 고유하게 진해오던 삼강오륜의 미풍양속이 사라지고 있는 한국 사회에 새로 정착시켜야 할 미풍양속으로도 전혀 손색이 없을 것 같다.

오래되어서 굳어진 버릇은 깨부수기가 참으로 힘들다고 하지만 시대의 흐름에 맞춰서 바꿔나가는 것도 나쁘다고만 할 일은 아닐 것이다. 생일날 미역국을 왜 끓여 먹는지 그 뜻도 제대로 모르면서 남들이 모두들 그렇게 하니까 그대로 따라했을 뿐인 우리 겨레의 소박한 내림 풍속을 조용하게 고쳐 나가는 것은 정말로 파격이자 용단이나 다름없는 일이다.

요즘 들어서 자식들이 차려주는 생일 밥상을 받을 때면 나는 지난 젊은 날의 내 자신이 부끄러워서 얼굴을 들기가 민망하다. 일생동안 자식들을 기르시고 가족들을 위해서 고생만 하셨던 어머니 아버지에게는 생전에 푸짐한 생일 밥상도 제대로 차려드리지 못했을 뿐 아니라 요즘은 흔하게 된 미지의 낯선 나라들을 돌아보는 관광여행 같은 바깥나들이도 단 한번 시켜드리지 못한 채 저세상으로 떠나보내 드렸으니까 말이다.

(2005.1.13.)

어떤 이사

"어떻게 된 거야? 전화도 안 되고 얼굴도 통 볼 수가 없으니…"

아는 사람의 아들 결혼식에 갔다가 만난 고향 친구가 반갑다고 손을 잡으면서 하는 말이었다. 그러니까 이사를 하기 전에 알리지를 못했다면 그 뒤에는 반드시 소식을 알려 주었어야 될 것 아니냐는 책망이었다. 듣고 보니 그 친구의 말이 옳았다. 난 입이 있었지만 대꾸할 말이 없었다.

그러나 머릿속을 맴도는 내 궁리는 이랬다. 같은 서울 시내에서 같은 층층 살림집의 평수만 늘리면서 동네만 바꿔 앉는 가벼운 이사라면 일을 벌이기 전이나 뒤에는 아는 사람들에게 앞앞으로 전화를 걸든 편지를 띄우든 이사 했다는 사실을 알렸을 일이지만, 한 마을에서 수십 년 동안이나 붙박이로 살아오던 서울을 떠나서 아예 시골로 삶의 바탕을 옮기는 일이었던지라 이삿짐을 정리하고 난 뒤에나 전화든 편지든 생각해볼 참이었다.

어수룩한 시골로 알려진 충청북도 제천에서 태어난 나는 이십 대 초반까지 고향 마을에서 벌제위명으로 농사를 짓고 살다가 뜻한바 있어 세상 밖으로 나와서 새로운 직업을 얻게 되었고, 그로부터 몇십 년 동안을 사람들이 몰려서 사는 충청북도 안의 중소도시인 제천과 충주와 청주를 사오 년 사이로 번갈아 옮겨가며 오랫동안이나 살아왔었다.

그런데 내 나이 사십을 막 넘어서면서 뜻하지 않았던 세상의 변고에 휩싸여서 전혀 생각하지 않았던 서울이라는 대도시까지 떠밀려가게 되었고, 그곳에서 연로하신 부모님을 모시면서 사식들을 기르고 평범하게 직장생활을 이어오다가 오십 대 중반에 이르러 천직으로 삼아 일하던 직장에서 물러나면서 정을 붙이고 살아오던 서울을 떠나 시골로 이사를 했었던 것이다.

만에 하나 지금 서울에 살고 있는 시골 출신들에게 좋은 기회를 만들어 주거나 정부에서 큰 은급을 내릴 것이니 다시 옛날에 살던 고향으로 돌아가겠느냐고 물어본다면 십중팔구는 “서울에 올라와서 이미 자리를 잡았고 그 뒤 수십 년 동안이나 서울 사람으로 살아왔으며 이제는 서울 본바닥 사람이나 다름없으므로 자라난 고향으로 돌아갈 생각이 전혀 없다”라고 대답할 것이 틀림없을 것이다.

그들이 자기가 태어나고 자라났던 수구초심의 고향이라는 시골로 돌아가지 않을 것이라고 내가 단정하는 것은 거의가 어린 시절에 출세와 성공의 꿈을 안고 고향을 떠나 대도시로 왔을 뿐 아니라, 수도인 대도시 서울에서 학업을 마쳤으며 또한 서울 땅에서 자리를 잡아서 수십 년 동안 직장생활을 했으므로 서울이라는 도시에 살아갈 집이 있고 주위 사람들과 정이 들었으며 그래서 서울이 두 번째 고향이나 다름없기 때문이라고 보기 때문이다.

그러니까 서울은 한국전쟁이 끝나고 산업화의 물결이 몰아치면서 농촌에서 올라온 가난한 사람들과 북쪽에서 공산당을 피해서 내려온 피난민들이 기하급수적으로 몰려들면서 기형적인 도시로 불어난 곳이다. 통계에 따르면 지금 서울의 인구가 일천만 명을 훨씬 웃돈다고 하지만 이 가운데서 이른바 서울의 토박이라고 부르는 본바닥 서울 사람들은 그 숫자의 이 할에도 이르지 못한다는 것이 이를 잘 보여주고 있다.

이천년대 초반에 대통령으로 당선된 어떤 사람이 "서울은 사람들이 너무도 많이 몰려 살기 때문에 숨조차 쉬기 어려울 지경"이라는 한탄 끝에 행정수도를 지방에 따로 만들겠다고 말했다가 서울 시민들과 보수 세력으로부터 〈탄핵〉이라는 된서리를 맞았던 일도 있었다. 그때 행정수도 신설계획을 앞장서서 반대하면서 대통령의 탄핵에 나섰던 사람들의 절반 이상이 서울에 살고 있는 시골 출신 시민들로 밝혀졌던 사실은 참으로 상징하는 바가 크다고 봐야 할 것이다.

때문에 지금 서울에서 터를 잡고 살아가고 있는 경상도나 전라도 또는 충청도 강원도의 농촌 출신 시민들은 물론이고 육이오 전쟁이 벌어지면서 잠시 피난을 내려왔다가 전쟁이 끝난 뒤 서울에 그대로 눌러앉아 터를 잡고 대한민국의 수도인 서울특별시에서 살아가고 있는 이북 출신들은 자신들이 수도 서울의 시민으로 살아가고 있다는 것을 하나의 명예나 자부심으로 삼고 있다고 봐도 크게 틀리지 않을 것이다.

그렇게 따지고 볼 때 충청북도라는 손바닥만큼 작은 지방에서 중앙일간신문의 주재기자로 살아오던 내가 〈십이십이〉 군사 반란이 일어나는 바람에 타의로 서울까지 밀려와서 사회부의 편집국기자로 활동하다가 정년으로 은퇴까지 하게 되었으니 그대로 서울에 눌러앉아서 전직 기자라는 프리미엄과 소설가로서의 문단 활동을 누리면서 살아갈 일이지 뭐가 잘났다고 느닷없이 서울을 버리고 시골로 거처를 옮겼었던 것은 참으로 어리석은 일이 아닐 수 없는 일이었다.

더구나 내 집 마련이 참으로 어렵다는 서울에서 비록 변두리이긴 하지만 어렵사리 마련해서 가족들과 오순도순 살아오던 집까지 덜렁 팔아버린 뒤 이십 년 가까이나 이어졌던 서울 생활의 미련을 훌훌 털어버리고 아무런 인연이 없는 낯선 산골을 찾아간 것은 약삭빠른 서울 사람들의 눈으로 바라볼 때 정말로 〈시절〉 같은 짓거리나 다름없었던 것이다.

내가 알고 지내던 사람들에게 시골로 떠나간 사실을 이사하기 전이나 이사 한 뒤에도 알리지 않았던 바탕은 시간이 지나가면 아무개가 언제 쯤 어느 곳으로 이사를 갔더라고 나를 알고 있는 사람들 사이에서 입소문이 나돌 것이라고 지레짐작을 했었기 때문이다. 그러니까 왜 소식도 없이 시골로 이사를 했느냐고 나에게 지청구를 준 고향 친구는 그 어간에 자기 골몰에 빠져서 아마도 내 움직임을 귀동냥하지 못했던 모양이 틀림없었다.

이번 이사를 한 뒤 깊이 느껴서 하는 말이지만 누가 됐던지 늘그막에는 되도록 이삿짐을 쌓지 말라는 이야기를 하고 싶다. 품삯만 주면 얼굴도 모르는 사람들이 집으로 찾아와서 입에 밥까지 떠먹여 주는 세상이기는 하지만 이사할 집을 고르는 것에서부터 세간을 옮기느라 짐을 싸는 것과 그 옮겨온 세간들을 다시 제자리에 놓는 것은 말할 것도 없고 주민등록을 떼어서 옮기는 볼일까지 이사에 뒤따르는 자질구레

한 번거로움이 한두 가지가 아니었기 때문이다.

돈을 벌어서 생활이 넉넉한 사람들이나 층층 살림집에 넌더리가 난 도시의 부유한 사람들은 툭하면 물 맑고 공기가 좋은 시골에 아름다운 전원주택이나 지어서 이사나 가야 되겠다고 말한다. 도시생활에 싫증이 나거나 나이를 많이 먹어서 늙어지게 되면 자연을 누리면서 살고 싶기 때문일 것이다. 대문만 나서면 산과 들에서 뿜어져 나오는 싱그러운 공기들이 코를 찌르고 동서남북 어디고 간에 몇백 걸음쯤만 걸어가면 맑은 시냇물에 손을 담글 수가 있으니 어찌 짙은 매연과 소음 공해로 얼룩져 있는 대도시의 생활과 비유가 될 것인가.

그러나 그 말을 행동으로 옮기기는 참으로 어렵다. 그야말로 용단을 내려야 하기 때문이다. 굳어진 틀을 깨듯이 무질러서 행동하지 않으면 자기 스스로 내뱉은 말을 실행할 수가 없다. 먼저 안주하던 도시생활의 편리함에서 벗어나야 하는데 이것이 쉬워 보이지만 어렵다. 가깝게 지내던 이웃이나 학연과 지연에 얽힌 사람들은 물론이고 수십 년을 같은 직장에서 지내던 직장동료들 그리고 정감 넘치게 교류하던 마을의 이웃 사람들과도 떨어져 살아가야 하기 때문이다.

내가 생면무지의 땅인 양평으로 이사를 한다니까 이웃의 어떤 사람은 "늘그막에 새로 사람을 사귄다는 일이 결코 쉽지 않을 것이다. 더구나 시골은 대도시와 살아가는 정서 자체가 다르다. 특히 마을 사람들의 애경사에 남다른 배려를 해야만 함께 어울릴 수 있을 것"이라는 섬뜩한 충고를 했었다. 다른 어떤 사람은 시골 생활이 뜻밖에 답답한 측면도 많을 텐데 도시생활에 젖어온 사람이 얼마나 견디는지 두고 볼 일이라고 내 지구력을 은근히 걱정하기도 했었다. 아무튼 산전

수전을 다 겪어온 사람들이 들려주는 우정 넘치는 훈수들은 귀담아 들을만한 것들이었다.

그런데 시골로 이삿짐을 옮기고 어물거리다 보니 어언 반년이 훌쩍 흘러가 버렸다. 세월이 참으로 빠르다는 것을 피부로 느끼지 않을 수 없었다. 그러면서 내가 참으로 용단을 내려서 이사하기를 잘 했다고 미소를 짓는다. 서울에 사는 글벗들과 자주 만나지 못한다고 교분이 쉽사리 끊어지는 것도 아니다. 지금 세상에는 손에 들고 나니는 전화기가 있고 컴퓨터가 있으니 살아가는데도 별달리 답답함이나 어려움을 겪지 않아도 된다. 더구나 손에 든 전화기를 열고 들어가면 지구촌 어떤 곳과도 금방 소통이 되는 꿈같은 세상이 되었으니 옛날처럼 사람들이 몰려서 사는 대도시와 시골 또는 농촌을 구별한다는 것이 도무지 어울리지 않는 세상인 것이다.

거기다가 이른 아침에 창문을 열어 제키면 푸른 빛깔의 우람한 산봉우리가 눈 안에 가득하게 다가섬과 함께 오랍 뜰의 싱그럽고 풋풋한 냄새들이 코를 찌른다. 뿐만 아니다. 비록 층층 살림집이지만 주변의 울창한 나무숲에서는 이름을 알 수 없는 새들이 하루 종일 귀가 따갑도록 지저귀니 내 어찌 대도시를 떠나온 것에 한 줌의 미련이나마 품을 것인가 말이다.

아무튼 비록 내가 어린 시절을 보냈던 고향 땅으로 돌아가지는 않았지만 대도시인 서울을 벗어난 것에는 기쁨을 느끼고 살아간다. 나를 염려해 주는 자식들과 나를 알고 있는 많은 사람들이 함께 살아가는 이 땅 위에서 사랑하는 아내와 함께 숨을 쉬면서 노년을 살아간다는 것이 꽤나 고맙고 기쁘기만 하다.

(2002.12.5.)

휴전선의 꿈

며칠 전 전방에 주둔하고 있는 군부대에서 전역을 불과 서너 달 앞둔 한 사병이 초소 근무를 마치고 부대로 돌아오다가 생활관에 있는 동료 전우들을 향해서 느닷없이 총기를 마구 쏘아대서 사병 다섯 명이 목숨을 잃고 여러 명이 총상을 입는 큰일이 벌어졌다. 일을 벌인 밑절미야 조사를 해보면 천천히 밝혀지겠지만 북한 인민군과 휴전선에서 대치하고 있는 국군의 전방부대에서 우리 사병들끼리 죽이고 죽는 총기난사 사건이 일어난다는 것은 참으로 아연실색할 일이 아닐 수 없다.

이 일이 벌어지자 민의의 전당이라는 국회에서는 급하게 국방위원회를 열어놓고 국방장관을 불러서 사건전모에 대한 질의와 응답을 벌였다고 한다. "왜 이 같은 끔찍한 총기사건이 자주 일어나느냐"고 국회의원들이 다그치자 청와대 안보실장을 겸임하고 있는 국방장관은 "전방의 초소를 지키는 병사 가운데는 이른바 〈관심병사〉이라고 분류되는 군인들이 있는데 그들이 사고를 일으킨 것 같다"라고 대답했다는 것이다.

이날 국회 국방위원회 대정부 질의에서는 이 관심병사들에 대한 질문이 집중됐는데 야당 국회의원들과 기자들이 "이 시간 현재 전방부대 초소에서 복무하는 국군 병사들 가운데 관심병사라고 분류되는 숫자가 대충 얼마쯤이나 되느냐"고 질문하자 장관 대신 답변에 나선 국방부대변인은 "초소에 근무하는 전체병력의 십 프로에 가까운 수준"이라고 대답했다는 것이다.

전방부대에서 복무하는 병사들이 본분을 일탈한 사건은 이번 뿐만 아니라 최근 십여 년 사이에 여러 차례나 일어났었다. 그때마다 군 최고책임자들인 국방장관이나 육군참모총장들은 "다시는 그런 사건이 일어나지 않도록 모든 대책을 세우겠다"고 단언했었지만 매번 헛말로 끝나고 말았는데 전방의 군부대에서 이런 예기치 못한 총기사건이 일어날 때마다 진정으로 가슴을 쓸어내리며 안절부절못하는 사람들은 사랑하는 자식들을 군문에 들여보냈거나 앞으로 보내야 할 많은 장삼이사 시민들인 부모들이다.

국방부 대변인의 발표대로라면 지금 한국군에는 약 육만 명에 가까운 〈관심병사〉들이 복무하고 있는 셈이다. 이들은 언제든지 〈자살〉이라는 극한적인 행동을 저지르거나 〈총기사건〉 같은 다중을 상대로 한 무서운 사태를 일으킬 수 있는 성향이 높아서 관리하는 하사관들과 장교들이 이들을 갑 을 병 등 세 개 등급으로 나눠서 지켜보고 있다고 하니 우리 모두가 참으로 무서운 시한폭탄을 안고 지내는 셈이나 다름없는 일이다.

얄궂게도 지난 이천십이년에는 같은 부대에서 북한군 병사가 휴전선의 철조망을 몰래 넘어왔던 이른바 〈노크〉 귀순사건이 일어났었다. 그때 국회의원들이 "북한 인민군이 휴전선에 쳐진 철조망을 넘어와서 국군 병사들의 생활관 문을 두드릴 때까지 우리 국군이 모르고 있었다는 것이 말이 되느냐"고 야단을 치자 국방장관은 "할 말이 없다. 앞으로 철책선 근무 병사의 숫자를 늘리고 보초시간을 줄여주는 한편 과학화된 경계시스템을 도입하여 눈앞에 닥친 철책선의 경비문제를 해결 하겠다"고 공언, 국민들의 우려를 안심시킨바 있었다.

그런데 이번에도 바로 그 부대에서 총기난사 사건이 일어났고 범행을 일으킨 병사는 국방장관이 되도록 지오피 경계근무에 들여보내지 않겠다던 관심병사로 밝혀진 것이다. 이는 철책이 둘러쳐진 휴전선에서 근무하는 초병자원이 근본적으로 부족하기 때문이 틀림없는데 이 년 전 국회에 불려 나와서 초소 근무병들의 인력증원과 일백오십오 마일 철책선 경계시스템의 과학화사업을 추진하겠다고 철석같이 답변했던 사람이 공교롭게도 바로 지금의 국방장관이라는 사실이다.

한국군은 해방 직후인 천구백사십오년, 남한 땅의 점령군으로 들어온 미군이 일본군에서 복무했었던 장병들을 주축 삼아서 창설한 남조선국방경비대가 전신이다. 그러니까 분명히 말해서 한국군의 뿌리는 일본군대에 있지만 남조선을 점령한 미군의 주도로 창설되었고 미군의 무기로 무장하고 미군편제를 그대로 도입했었으니 미국식으로 무장된 군대라고 볼 수가 있다.

더구나 천구백사십팔년 대한민국이 수립되면서 군국이 창설된 뒤 몇 해가 지나지 않아서 곧바로 한국전쟁이 일어났고 미군을 비롯한 자유세계의 연합국의 군인들이 참전하면서 한국군의 전시작전통제

권이 전쟁의 주도권을 거머쥔 미군사령관에게 넘겨져 있었으므로 미군의 병영문화가 한국군에게 자연스럽게 승계되었던 것은 이야기 할 필요조차 없다.

따라서 국군창설 이후 육십 년이란 세월이 흘러갔지만 한국군의 조직과 편제 그리고 무기 훈련 교육 등 병영문화는 아직도 미군과 일본군의 잔재가 적절하게 뒤섞여 있다고 봐도 틀림없을 것이다. 상명하복을 생명으로 삼는 군대조직의 근간을 비롯하여 장교와 산부 위주의 부대 운영방식, 그리고 의무병들의 복무규율 등이 두 나라 군대 생활의 바탕에서 완전하게 벗어나 독립하지 못하고 있는 것이다.

따라서 개방된 민주주의 사회에서 성장한 한국의 젊은이들이 몸담고 있는 한국군의 병영문화는 이제 민주적으로 개선돼야 할 시점에 이른 것이다. 미국을 비롯한 선진국들의 자유민주주의 사상을 받아들이면서 성장한 한국의 젊은이들이 국토분단 때문에 의무병으로 소집되어 국가주의적 제도와 전체주의적 정신으로 군복무를 하고 있기 때문에 병영 안에서 여러 가지 불미스러운 사건사고가 충돌하여 발생하고 있는 것이다.

시민 한 사람의 지엔피가 일백 달러 이하이던 가난한 옛날에는 정부가 국토방위라는 명목으로 학교교육을 전혀 받지 못했던 까막눈이나 다름없었던 젊은이들까지 군대로 불러들여서 일정기간 복무시켰으므로 그때는 그 군복무 자체가 사실상 직장이자 사회교육의 일환이 되기도 했었다. 그러나 이미 국민소득이 이만오천 달러를 기록하고 있고 젊은이들 거의가 고등교육을 이수한 지금에는 사회발전과 교육수준에 걸 맞는 탈 이념적이고 자유주의적인 군사문화가 보급돼야만 한다는 것이 사회가 요구하는 시대의 흐름인 것이다.

지금 우리 사회는 한 가정 한 자녀의 핵가족 시대로 접어든지 오래다. 이처럼 인구 감소 현상이 심각하기 때문에 중앙정부와 지방자치단체는 각종 인센티브를 내걸고 시민들에게 많은 자녀를 낳으라고 권유까지 하고 있으나 그 시책이 전혀 먹혀들지 않고 있어서 앞으로 정부가 국방에 필요로 하는 병력자원을 어떤 방안으로 확보 할 수 있을지 막막한 실정이다.

이번 총기사건이 발생하면서 많은 시민들 사이에서는 분단돼 있는 한반도 문제에 획기적인 대책이 나와야 된다는 의견이 조심스럽게 흘러나오고 있다. 잊을 만하면 발생하는 군부대의 총기사고를 발본색원하는 근본적이고 항구적인 대책이 창출돼야 한다는 것이고 그것이 바로 한반도 분단의 비극을 종식하고 평화를 정착시키는 관건이 될 것이라는 점이다.

그 문제를 푸는 열쇠는 해방 이후 지속되고 있는 우리의 국방문제를 이데올로기의 틀에서 벗어나 겨레의 운명을 바꾸고 혈맥을 존속시킨다는 종족 차원에서 풀어나가야 한다는 것이다. 그러니까 한반도를 둘러싼 미국 중국 일본 러시아 등 사대 강국들과 당사자인 남한과 북한이 참여하는 기왕에 미국이 주도해왔던 육자회담 같은 일시적이고 소극적인 방안이 아니라 분단에 책임이 있는 사대 강국들의 협조 아래 남북 당국이 주도적으로 추진하되 각기 정권의 운명보다는 겨레의 통합을 앞세워야 한다는 것이다.

지금도 계속되고 있는 미국의 경제제재 조치가 말끔히 거둬지기 않는다면 북한은 추진하고 있는 핵무기개발을 절대로 포기하지 않을 것이다. 또 북이 핵을 포기하지 않는 한 어떤 구실로도 핵무기를 보유한 미군이 한반도에서 철수하지 않을 것이다. 따라서 한반도의 영구적인 평화와 통일은 미국과 북한 정부 사이의 핵 싸움이 해결되지 않으면 보장될 수도 기대할 수도 없다는 것이 서글픈 오늘의 현실이다.

한국의 지식인들이나 진보적인 학자들은 우리 한민족이 미국과 러시아 중국 일본 등 강대국의 식민지 상태에서 사실상 벗어나서 명실상부하게 독립국가로 자립하자면 그 일차적인 단계로 진실하게 남북이 화해와 교류를 이뤄야 한다는 것이다. 그렇다면 그 열쇠는 과연 누가 쥐고 있을까? 절대로 미국 중국을 비롯한 사대 강국이 아닌 대한민국과 북조선인민공화국 정부의 집권 세력 당사자들에게 있고 그들이 주도해야 된다는 것이다.

그러나 남북한 정부가 이 문제를 실현해 나가는 과정에서는 남한과 북한 가운데 상대적으로 조금 더 잘살고 있다는 객관적 평가를 받고 있는 남쪽의 대한민국 정부가 지금보다는 좀 더 유연하고 너그러운 자세로 남북대화를 이끌고 선도적으로 임하는 자세가 바람직하다는 것이다.

그 말은 남과 북이 지금까지와 같이 사사건건 대결하는 도토리 키재기식 경쟁에서 벗어나야만 새로운 길을 찾을 수 있다는 지적이다. 미국의 제재조치로 경제발전이 중단되고 있으며 분위기가 전체적으로 경색돼 있는 북쪽의 정부를 대화의 마당으로 이끌어 내는 역할은 남쪽의 집권 세력이 맡아야 한다는 것이다. 일단 한반도의 평화를 위한 진지한 남북대화의 자리를 만들어 놓고 칠사공동성명 이후에 남북정부가 체결했던 여러 차례의 합의서를 바탕으로 파격적인 한반도의 평화협정을 만들어 내야 한다는 것이다.

그러나 지금과 같이 친일 친미 보수 기득권 세력들이 집권하고 있는 정부 아래서는 진일보한 남북대화를 기대하기가 연목구어처럼 어렵다. 박근혜 정부의 남북정책이나 통일정책이 과거 칠십년대 폐쇄정권 시대에 머물고 있기 때문이다. 미국의 경제봉쇄에 맞서서 핵을 보유해야만 살아갈 수 있는 북쪽 정부에게 무조건 핵 개발을 포기하고 육자회담의 마당으로 나오라고 종용하는 것은 북쪽에게 굴복과 항복을 강요하는 정책이나 다름없기 때문에 그 과정에서는 진정한 대화가 이뤄질 수 없는 것이다.

그러니까 남쪽과 북쪽 정부의 지도자들이 전격적인 정상회담 등을 통해서 무기한 지속되고 있는 한반도의 정전협정을 상생의 평화협정으로 바꾸기로 약속하고 미국 정부의 양해 아래 남북 양측이 단계적으로 군축을 시행해 나간다면 한반도를 둘러싸고 이익을 획득해온 미국 러시아 중국 일본 등 사대 강국들도 찜찜하지만 이를 현실로 받아들이지 않을 수 없을 것이다.

그러나 이것은 오늘의 현실에서 볼 때 참으로 꿈같은 일이기만 하다. 하지만 남과 북의 정치지도자들이 신명을 바쳐 추진한다면 이룰 수도 있는 꿈일 것이다. 이 원대한 꿈을 실현시키기 위해서는 경제적 기적을 이룬 남쪽의 집권 세력과 보수 기득권 세력들이 먼저 뜻을 모은 뒤 남북의 칠천만 시민들의 후원과 협조를 받아 추진한다면 우리의 동맹국으로 자처하는 미국 정부도 어쩔 수 없이 받아들이지 않을 수 없을 것이다.

남북통일을 전제로 한 남북한 정부의 평화협정은 일단 군비감축과 경제교류에 국한하는 것이 바람직할 것이다. 그 협정이 체결되면 남한과 북한 정부는 그동안 외국으로부터 막대한 예산을 들여서 도입하던 첨단무기들과 자체로 개발하던 핵무기를 점진적으로 축소 폐기시키는 한편 현재의 〈국민개병〉이라는 의무병 제도를 지원병 제도로 바꾸고 남아도는 병력들을 모두 감축시켜서 막대하게 투입되던 국방비를 경제발전에 돌려야 할 것이다.

이렇게 남북의 정부가 합의하면 병력 숫자는 많이 줄지만 질적으로는 우수한 군대를 보유하게 될 것이다. 남쪽 정부의 경우 군축으로 육십만 대군을 그 십 분의 일 안팎으로 줄이게 된다면 지금 투입하고 있는 막대한 국방비의 몇십 분의 일만으로도 국방을 넉넉히 운영해 나갈 수가 있을 것이다. 그 밖의 군비축소에 따라 남는 국방예산은 전역하는 제대군인들의 복지후생 사업 예산으로 돌려 쓸 수가 있고, 자라나는 후세들의 교육기금과 시민복지기금 등으로 적당하게 투입할 수 있기 때문에 명실상부한 시민행복시대를 앞당길 수도 있을 것이다.

그러나 병력감축에 따른 군 인적자원의 활용 정책과 대체 방안은 따로 깊이 연구해야 될 것이다. 남쪽은 지금 많은 병력을 보유하고 있는데 군축에 합의 한다면 오십만 명 이상의 직업군인을 전역시켜야 하는 것이다. 문제는 감축되는 그 많은 사람들에게 일자리를 만들어 줘야 하는데 국가기관과 공공기관 그리고 일반기업 등에서 대거 영입을 하더라도 당분간은 그들의 일자리를 마련하는데 국가적으로 어려움을 겪지 않을 수 없을 것이다.

그러나 그것은 다음의 문제이다. 과연 상대방을 주적으로 삼고 살아온 남과 북이 얼굴을 마주대고 앉아서 쇼가 아닌 진솔한 평화협상에 들어갈 수 있을 것이며 또 밀고 당기는 우여곡절의 지루한 과정을 이겨내고 역사적인 과업을 과연 이뤄낼 수가 있는가 하는 우려인 것이다. 지금의 상태로 보아서 남쪽과 북쪽 그 어느 쪽 정부도 쉽사리 평화협정을 맺는데 흔쾌히 나설 것 같지가 않으니까 말이다.

만일 대망의 남북 평화협정이 체결돼 본격적으로 교류가 시작된다면 남쪽은 북쪽 지역에 매장돼 있다는 무진장한 지하자원을 철도와 육로를 통해 손쉽게 입수하여 산업발전에 이용할 수 있을 것이다. 그리고 같은 말을 쓰고 생활방식이 비슷한 북쪽의 값은 인력을 우리 기업들은 싼값으로 활용할 수 있을 것이므로 이것은 남북정부 모두에게 이득이 될 것이다.

뿐만 아니다. 남쪽의 우리 기업들이 생산한 여러 분야의 상품들을 북쪽과 교류하고 그동안 축적된 기술들을 서로 주고받게 된다면 남쪽과 북쪽에 많은 기업들이 새로 생겨날 수 있을 것이고, 가동하고 있는 수많은 기업들의 생산성도 활력을 얻게 됨으로써 남쪽 정부와 북쪽 정부도 경제적인 이익을 함께 얻을 수 있는 그야말로 공존공영이 가능하지 않겠는가.

참으로 꿈같은 이야기다. 그러나 언젠가는 다다라야 할 지점이기도 하다. 그렇지만 남쪽과 북쪽의 지도자 그 어느 쪽도 지금은 그렇게 중차대한 겨레의 장래 문제를 사실상 한반도를 지배하고 있는 패권국가인 미국의 눈치 때문에 적당하게 피해가고만 있으니 참으로 안타깝기 한량없는 일이다.

(2014.5.20.)

적금여행

어느 날이었다. 가끔 들르는 마을의 협동조합 사무실에서 일을 보고 막 출입문을 나서려는데 평소에는 눈인사만 주고받아오던 젊은 남자 직원이 성큼 다가서면서 고개를 끄덕여 아는 체를 했다.

"벌써 볼일을 다 보시고 들어가시는 길입니까?"

"그렇습니다."

"선생님! 죄송합니다만 정기적금 한 구좌 들어주십시오."

"나한테 하는 말입니까?"

나는 나 말고 혹 다른 사람에게 건네는 말은 아닌가 궁금해서 주위를 두리번거리면서 꽤나 어색하게 되물었다.

"네 선생님께서 말입니다."

"갑자기 웬 적금입니까?"

"일 년 기한의 해외여행 적금상품이 새로 생겼습니다. 우리 조합에서 내년 봄쯤 중국 호남성의 명승지 관광을 목표로 하고 조합원들로부터 일 년 기한의 적금 계약을 받고 있습니다. 선생님도 한 구좌 들어두셨다가 내년에 동료 조합원님들과 함께 관광여행을 다녀오시면 어떨까 해서요."

"그런 이름의 여행 상품이 새로 생겼다는 말씀이지요?"

"그렇습니다. 네. 이달 초순에…"

"나는 별로 여행을 즐기지 않는 데다 중국 관광은 어떤 사람의 권유로 이미 한번 다녀왔었는데…"

"어느 지방을 다녀오셨는지 몰라도… 중국이 여간 넓은 나라인가요? 우리 조합에서 내년에 가기로 목적한 곳은 호남성에 있는 장가계 원가계라는 곳이라고 합니다. 요즘 한국 관광객이 많이들 가시는 곳입니다."

"하긴 귀하의 말도 일리는 있지요. 중국이 좀 넓은가요."

"그럼 한 구좌 계약 해주시겠습니까?"

내가 딱 부러지게 못 한다거나 아니라고 거절을 못 하고 우물쭈물 하니까 그 직원은 한 구좌 엮었다는 듯이 회심의 미소까지 지으면서 가까이 다가섰다. 그런 젊은 직원의 들뜬 기분에 찬물을 끼얹을 수는 없는 일이고 또 처음 듣게 되는 중국의 장가계 원가계라는 명승지에 대해서도 조금은 호기심이 일었다. 내가 우물쭈물하는 사이에 그 직원은 벌써 인쇄된 적금 계약서 용지를 한 장 가지고 와서는 나를 떠밀듯이 의자에 앉히는 것이 아닌가?

"한 달에 내는 돈은 얼마나 됩니까…"

"한 구좌가 매월 십만 원씩입니다."

"십만 원씩이라."

"많다면 많고 적다면 적은 금액입니다."

"그거야 그렇습니다만…"

"그럼 승낙하신 것으로 알고 계약서를 작성하겠습니다."

한 번에 목돈을 선뜻 내놓기 어려운 서민조합원들에게 푼돈을 저축하도록 해서 마련하는 관광여행이어서 그런대로 뜻이 있다고 생각되었다.

"나는 아내와 같이 갈 생각이니까 아예 두 구좌를 듭시다."

"두 구좌씩이나 들어주시게요?"

"기왕에 귀하의 권유를 받아들일 셈이니까… 나는 아내와 둘이 살고 있는 사람이니까 여행도 같이 가야 하지 않겠습니까?."

"그렇군요."

"적금 기한이 일 년이라고 했지요?"

"그럼요. 십이 개월입니다."

"내가 귀하의 덕으로 내년 봄에는 생각하지 못했던 중국의 천하절경이라는 장가계 원가계 구경을 하게 생겼습니다."

"제 덕이라뇨. 별말씀을 다 하십니다. 선생님께서 선뜻 정기적금을 두 구좌나 들어주시니까 고마운 것은 저와 우리 조합 쪽입니다."

"아니오. 나는 같은 동네 사람들이 무리 지어서 외국 여행을 가게 된 것도 까맣게 모르고 있었는데 귀하가 이렇게 적금을 들라고 알려줌으로써 동네 분들과 더불어서 중국 구경을 가게 되었습니다."

"그렇게 생각해 주시니까 더욱 감사합니다."

내가 그 여행적금 두 구좌를 선듯 계약해 주자 남자 직원은 얼굴에 웃음꽃이 피어올랐었다. 지난 삼월 하순께 아내와 함께 오박 육일 동안의 장가계 원가계 여행을 다녀오게 된 빌미이다.

나는 삼십여 년간의 직장생활에서 물러난 뒤 아내와 함께 몇 차례쯤 나라 바깥으로 나들이를 다녀왔었다. 자식들이 주선할 때도 있었고 우리 부부가 뜻을 같이해서 길을 떠나기도 했었다. 그런데 이번 여행은 앞에서 적은 것과 같이 내 생각과는 전혀 동떨어지게 협동조합 직원의 느닷없는 적금 권유를 받아들여서 떠났던 흔하지 않은 경우였다.

세계 공용어인 영어를 쓰는 힘 있는 나라에 태어나서 언어 소통이 자유롭다면 늙은이들도 지구촌의 어느 나라 어디든지 명승지를 찾아서 홀가분하게 자유여행을 다니는데 불편하지 않을 것이다. 여비를 장만해서 여권만 들고 비행기를 타기만 하면 되니까 말이다. 그러나 외국어가 서툴 뿐만 아니라 나이가 들어 행동마저 굼떠지면서부터는 문화가 다르고 지리가 생소한 외국 여행을 개인적으로 떠난다는 것 자체가 두려운 일이었다.

때문에 자식들이 길잡이를 하는 여행이거나 안내원이 따라붙는 소위 단체관광을 선택할 수밖에 없는 일이었다. 그런데 지나고 보니 길잡이를 따라가는 여행도 목적지를 잘 고르고 동행하는 사람들의 숫자만 알맞다면 그런대로 괜찮다는 생각이 들었다. 많지도 적지도 않은 일행에다 동행들의 나이들 또한 엇비슷하다면 나름대로 즐거울 수도 있다는 것이 몇 차례의 무리 여행에서 얻은 경험이었던 것이다.

관광여행의 일행이 이삼십 명이 넘었을 때에는 기차나 버스 같은 교통수단을 이용할 때와 식당에서 음식을 시켜 먹을 때, 그리고 여관이나 호텔 같은 곳에다 잠자리를 마련할 때 뜻밖에도 복잡하고 번거로웠던 것이다. 그러나 같은 동네에 사는 사람들과 무리를 지어서 여행을 하게 되면 이런저런 속 깊은 자질구레한 이야기를 나눌 수 있고 뜻밖의 어려운 일이 생기게 되면 곧바로 도움을 주거나 받을 수가 있어서 일행이 십여 명에서 이십 명 안팎이 되었을 때가 가장 알맞은 우리 여행일 듯싶다는 생각이 들었다.

그렇게 적금을 넣었던 돈을 여행비용으로 내고 떠난 우리의 중국여행 길동무들은 공교롭게도 스물두 명이었다. 같은 장터 안에 사는 사람들이고 나이는 오십 대 후반에서 칠십 대 중반까지로 폭이 넓은 편이었지만 혼자 길을 나선 사람은 적었다. 거의가 부부 동반이어서 남의 나라를 여행하는 도중에서 상식에 어긋나는 행동을 해서 일행을 어려움에 빠뜨린 사람은 없었다.

우리 부부는 눈이 막 녹아내리던 삼월 그믐께 인천공항을 떠나 장가계 원가계 여행에 나섰다. 출발하던 첫날은 호남성의 성도라는 장사공항에서 비행기를 내려 장사 시내의 한 식당으로 옮겨가 점심을 사먹은 뒤에 다시 그곳에서 기다리고 있던 관광버스를 타고 여러 시간을 달려서 해질녘쯤에 장가계 시내에 있는 숙소에 닿았고 거기서 첫날밤을 보냈다.

이튿날부터 나흘 동안은 관광버스를 타고 장가계와 원가계의 관광여행에 나섰다. 장가계는 우리나라의 국립공원과 같은 중국의 〈국가삼림공원〉이라고 하였다. 높은 산과 맑은 물 그리고 아름다운 경치를 비롯하여 볼거리는 여러가지였지만 한국의 산수와는 지질학적으로 눈에 띄게 달랐기 때문에 어느 쪽이 더 아름답다거나 어느 쪽이 그만 못하다고 단순하게 비교해서 말하기는 참으로 어려웠다.

장가계 시내에서 케이블카를 타고 기괴한 암벽으로 둘러싸여서 무수한 짐승이나 인간의 형상을 하고 있는 천문산을 구경하노라니 어릴 때 읽었던 〈삼국지〉나 〈수호지〉에 등장하는 어떤 신비한 경치에 든 것 같은 묘한 기분을 자아내는 것이었고 이어서 장가계 관광지 주차장에 들어서자 세계 각지에서 몰려든 각양각색의 구경꾼들이 북새통을 이루고 있어서 중국에도 세계 각국에서 많은 관광객들이 몰려오고 있음을 실감할 수 있었다.

또 이튿날 장가계 시내에서 떠나는 장거리 케이블카를 타고 올라간 천구백 미터나 된다는 천자산 꼭대기에서 유채꽃이 흐드러지게 만발한 산 아래의 너른 들판을 내려다보는 경치는 그런대로 볼만하였다. 그 높은 산꼭대기까지 이어지는 험준한 도로를 평탄하게 뚫어서 다듬어 놓는 한편으로 삭도까지 놓아서 세계의 관광객들을 안전하게 불러 모으는 중국인들의 무서운 상술과 끈기에 혀를 내 두르지 않을 수 없었다.

장가계를 구경하면서 느낀 감상은 민주주의 국가와 사회주의 국가 조직이 얼마나 다른가 하는 실감을 느끼게 하였다. 한국 땅에서 명승지에다 관광시설을 개발하고 설치하려면 허가를 받기 이전에 먼저 정부의 환경영향평가를 통과해야 그다음의 사업을 추진할 수 있을 뿐 아니라 경치가 아름다운 명승지에다 도로와 부대시설을 만드는 사업은 중앙정부 차원에서 추진한다고 해도 결코 쉽게 이루기 어려운 일이었다.

그러나 이야기를 들어보니 사회주의 국가인 중국에서는 중앙이나 지방정부가 계획하고 공산당이 추진하는 사업은 주민들이 이의를 제기할 수가 없기 때문에 사업이 일사천리로 속도감 있게 추진된다는 것이었다. 관계자들의 그런 설명을 듣고 나니까 이렇게 자연 자원을 훼손하는 엄청난 공사가 쉽게 이뤄질 수 있는 중화인민공화국이라는 나라가 나름대로 이해되었다.

장가계를 여행하는 며칠 동안에 우리 일행들이 먹었던 음식 가운데 순수한 중국 음식으로는 고작 두세 끼니뿐이었고 나머지는 모두가 한국 음식을 흉내 낸 이것도 저것도 아닌 전통을 헤아리기 힘든 음식들이었다. 그러니까 안내원들이 〈한식〉이라고 말하는 음식들은 한국 여행객들의 식성을 겨냥해서 한국의 냄새를 적당히 풍기게 만든 그야말로 짝퉁 한국 음식이었다.

다른 또 하나. 베트남을 비롯하여 태국 캄보디아 등 다른 동남아시아 국가들도 비슷하지만 장가계에서도 관광버스에서 내리는 여행지마다 현지 중국 상인들의 한국 관광객들을 맞이하는 행동들이 상식을 넘는 바람에 여행 기분을 언짢게 만들었었다. 장가계는 분명히 중국 땅이었지만 중국 돈인 마오쩌뚱의 초상화가 그려진 〈위안〉화보다는 세종대왕의 초상화가 그려진 한국의 돈 〈원〉화가 돈으로써 더 활발하게 통용되고 빛을 보이고 있었기 때문에 가는 곳마다 중국의 영세상인들이 벌이는 돈을 바꾸라는 협박성 〈환전〉 아우성 때문에 여행 기분을 언짢게 만들었었다.

또 하나는 이른바 쇼핑관광이었다. 숙소에서 잠을 잔 여행객들을 관광지로 안내한다면서 버스에 태운 뒤 엉뚱하게도 자기네 지방특산물을 생산하는 공장이나 귀금속 판매업소로 데려가서 일방적으로 상품을 선전하는 횡포를 부렸는가 하면 그러고도 자기들의 예상대로 상품이 팔리지 않으면 여행객들을 예정된 관광스케줄과 관계없이 다음

관광지로 데려다주지 않는 등 제멋대로 횡포를 부렸던 것이다.

이번에 장가계를 구경하고 돌아온 뒤의 느낌은 참으로 착잡했다. 그냥 중국의 한쪽을 보고 왔다는 감상은 있었으나 이런 식으로의 관광여행은 앞으로 사라져야 한다는 생각이었다. 어떤 나라가 됐든 남의 나라를 여행한다는 것의 알맹이는 바로 그 나라의 명승고적과 관광명소를 돌아보는 눈요기와 그 나라 사람들이 먹고 있고 전해지는 음식을 먹어보는 것이 최소한의 즐거움일 것이다. 그것이 다른 나라를 관광하는 여행의 우선순위가 아니겠는가.

따라서 앞으로의 모든 해외여행은 관광을 가게 되는 그 나라의 주민들 속으로 깊숙이 들어가서 그곳 사람들의 살아가는 모습을 몸으로 겪어보는 체험관광 같은 살아있는 여행이 됐으면 좋을 듯싶다는 생각을 떨쳐버릴 수가 없었다. 더구나 무리를 지어서 다녀오는 단체여행에서 어설픈 쇼핑문화가 모처럼의 여행 기분을 해쳤다면 이런 잘못된 상행위는 나라에 관계없이 뿌리가 뽑혀야만 알차고 알뜰한 관광이 될 수 있지 않겠는가?

(2006.6.8.)

나들이에 관한 명상

나는 기차를 자주 타는 편이다. 서울을 비롯해서 양평 밖으로 나들이를 해야 하는 볼일이 있거나 어떤 곳으로 여행을 떠나갈 때에도 거의 기차를 타고 다닌다. 그러니까 인구가 많고 교통이 복잡한 대도시에서 살 때보다 시골로 삶의 거처를 옮기고 난 뒤에는 버스나 택시 같은 것보다도 더욱 열차를 자주 타게 되었다. 그것은 아마도 기차 정거장에 내려서 사오 분만 걸으면 바로 내가 살아가는 집이 있기 때문이었다.

같은 교통수단인 버스보다 기차를 자주 타게 되는 것은 이용하기가 쉽기도 하지만 삯이 헐하기 때문이기도 하다. 나는 나이가 일흔 살을 넘겼기 때문에 〈경로우대〉를 받고 아내는 허리 수술을 받은 뒤 장애인 등급을 받았으므로 〈할인 혜택〉을 받으니까 기차 요금은 일반인들에 비해서 삼분의 이만 낸다. 그뿐 아니라 요즘은 육로교통이 하도 붐벼서 버스나 택시를 타면 마음먹은 시간에 가고자 하는 곳까지 대어갈 수가 없지만 열차나 지하철 같은 것을 타게 되면 약속한 시간을 넉넉히 지킬 수가 있는 것이다.

따라서 나는 서울을 비롯하여 바깥에 나갔다가 집으로 돌아올 때에도 되도록이면 열차를 타는 것이다. 기차 정거장에서 내리면 집은 걸어서 사오 분 거리에 있지만 시외버스를 탈 때에는 집과의 거리가 오리쯤이나 떨어져 있으므로 하는 수 없이 터덜터덜 걸어서 오거나 웃돈을 주고 택시를 타야 집으로 돌아올 수가 있는 것이다.

요즘 들어서는 철도공사에서 계절마다 여러 가지 열차관광여행 상품을 내놓기 때문에 그걸 잘만 이용하면 재미있는 기차여행도 즐길 수가 있다. 봄에는 산나물 축제가 열리는 강원도 산골 장터 여행이나 또는 남해안 바닷가로 가는 벚꽃열차 관광이 있고 여름이면 해수욕장이 있는 서해안이나 동해안의 바닷가 여행을 안내하기도 한다. 물론 가을에는 아름다운 단풍을 즐기는 관광여행이 있고 겨울에는 절경을 이루는 백두대간 산속으로 떠나가는 눈꽃열차가 운행되기도 한다.

나는 이렇게 계절에 따라서 운행되는 기차여행에 아내와 함께 몇 차례나 함께 나서본 적이 있다. 그때마다 많은 여행비용을 따로 들이지 않고도 미처 찾아가 보지 못했던 경상남북도나 전라남북도 충청남북도 그리고 제주도 같은 나라 안의 아름다운 자연경관을 돌아볼 수 있었고 노년의 무료함을 달랠 수가 있었던 기억이 남아있다.

지난 칠일에도 우리 부부는 강원도 정선지방을 다녀왔다. 정선 오일장 열차여행은 서울 시내에 자리 잡고 있는 전문 관광여행사들이 철도공사와 손발을 맞춰서 이미 여러 해 전부터 연례행사처럼 시행하고 있다. 그렇지만 우리 부부는 그런 관광여행사의 단체여행과는 관계없이 따로 열차를 타고 자유롭게 나들이를 다녀온 것이다.

아침 여덟 시 오십 분 집 앞의 양평 기차역에서 강릉으로 가는 무궁화호 기차를 탄 뒤 원주 제천 영월을 지나 두 시간 반쯤을 달려가다가 태백선 증산역에서 기차를 내렸다. 강릉행 열차를 보내고 대합실을 빠져나가 역 광장 밑으로 난 계단을 내려가니까 증산 기차역과 정선 오일장터를 오고 간다는 시외버스가 발동을 걸어놓고 손님들을 기다리고 있었다.

정선 읍내 오일장은 내가 직장생활을 할 때 업무를 보려고 몇 차례 스치고 다녀갔었던 곳인지라 장터의 모습이 예전보다는 많이 변하기는 했지만 그런대로 눈에 익었다. 정선 오일장의 모습은 여느 시골장이나 비슷하지만 장판에 나온 물산들은 그때와 많이 다른 것 같았다. 장터 들머리에서부터 널리 알려진 산나물이 지천으로 널려있었고 그런 푸성귀 같은 산나물들을 산같이 쌓아놓은 앞장꾼들이 큰 목소리로 손님들을 부르고 있었다.

이곳 정선이나 평창 같은 강원도의 산골 오일장 장마당에는 늦은 봄까지 산나물이 파시를 이룬다. 옛날에는 높고 큰 산에서만 자랐다는 곤드레 두릅 고사리 참나물 취나물들이 저잣거리로 몰려나왔다고 하지만 지금은 산에서 스스로 자라난 그런 산나물들은 시장에서 거의 만나보기가 힘들다고 한다. 장판 들머리에 무더기로 넘쳐나고 있는 산나물들은 거의가 비닐집에서 기른 나물들이라는 것이다.

정선 오일장터에 나온 나물들이 깊은 산에서 제대로 자란 것보다 기른 나물들이 많아진 것은 우리나라의 생활 문명이 발달함에 따라서 그만큼 농촌이 변했고 농민들이 늙었기 때문이라는 것이다. 나이 젊은 농민들이 높은 수입을 꿈꾸고 모두 직장을 찾아서 도시로 떠나가다 보니 지금 산골에 남아있는 농부들은 칠팔십 대 이상의 늙은이들 뿐이기 때문에 농사철이 닥쳐도 자신들이 먹을 만큼의 농사를 짓기에도 힘이 들기 때문에 산나물을 뜯어다가 시장에 내다 팔 짬도 힘도 없다는 것이다.

때문에 지금은 오히려 엉뚱한 도시인들이 진짜 산나물을 맛있게 먹는 야릇한 세상이라는 것이다. 이천년대로 접어들어 경제 불황이 계속되면서 직장생활을 하던 사람들이 사십 대 후반이나 오십 대 초반에 명예퇴직을 한 뒤 봄철이면 타고 다니는 승용차들을 몰고 높고 깊은 산골로 나들이를 가서 아름다운 산수도 구경하고 그 속에서 자라나는 산나물을 뜯어가는 양수겸장의 산행을 하고 있다는 것이다.

이 밖에도 정선 같은 시골 장터에 산나물 보다 길러낸 산나물이 넘쳐나게 된 것은 지방자치단체들이 여러 가지 산나물의 멸종도 막아내고 농가의 소득도 높이자는 계획아래 마을 단위로 예산과 기술을 지원하여 산나물 재배를 적극적으로 권장하고 있기 때문이라는 것이다. 따라서 지금은 이 산나물 집단재배가 특정한 산골뿐 아니라 전국의 모든 농촌과 산촌지역으로 널리 퍼지면서 특수작물로서의 기틀이 굳게 다져지기까지 했다는 것이다.

우리 부부가 정선장터 중심에 들어서니 이미 서울을 비롯한 대도시에서 관광버스를 타고 온 나들이 여행객들과 청량리에서 출발한 정선 오일장 관광열차를 타고 온 나들이 손님들, 그리고 자기 나름의 교통편을 이용하여 봄나들이 겸 산천경계를 구경하려고 떠나온 돈도 있고 시간이 넉넉한 수많은 도시 사람들이 시장 골목을 가득가득 메워서 발 디딜 틈이 없었다.

집 방석 내지마라 낙엽엔들 못 앉으랴
솔불 혀지 마라 어제 진달 돋아온다
아이야 박주산채일망정 없다말고 내어라

—조선선조 때 명필 한호—

이 정선 장디에시는 〈곤드레밥〉이 특유의 점심 먹을거리리고 히였다. 곤드레는 생김새가 취나물과 비슷하지만 삶아서 밥을 해 먹으면 맛이 어느 산나물보다도 좋다는 것이다. 장터 안을 살펴보자니 곳곳에 〈곤드레밥 전문〉이라는 간판을 달아놓은 음식점들이 여러 곳이나 눈에 띄었다. 우리 부부는 우선 어떤 할머니 장사꾼에게서 곤드레나물과 취나물을 한동안 두고 먹을 만큼 한 보따리 사들여서 따로 갈무리해 놓은 뒤 사람들이 많이 몰려들고 있는 어떤 곤드레 밥집을 찾아들어 갔다.

음식점 안은 손님들로 가득했다. 장터로 몰려온 그 많은 도시 사람들이 이 작은 음식점으로 다 몰려왔는지 주인들은 정신을 차리지 못할 만큼 바쁘게 움직였다. 우리는 방으로 들어가지 않고 목로에 자리를 잡고 곤드레밥을 시켜 먹었다. 그러나 오륙 십 년 전 전쟁의 포화가 스쳐 간 뒤 살아남기 위해서 먹었던 추억의 음식으로는 전혀 느껴지지는 않았다. 그때는 강냉이 쌀이나 보리쌀에 감자를 넣은 산나물밥을 사 먹었던 것 같았다는 생각인데 지금 팔고 있는 음식점의 곤드레밥은 흰 쌀에 곤드레나물만 조금 넣었기 때문인지 우리의 입맛으로는 별미나 다름없었다.

우리 부부는 달게 점심을 먹은 뒤 장터의 이곳저곳을 돌아보면서 쉬엄쉬엄 걸어서 정선선이 머무는 기차역으로 나갔다. 강릉을 떠나 청량리로 가는 무궁화 열차가 지나가는 태백선, 그러니까 아침나절에 우리 부부가 기차를 내렸던 그 증산역으로 나가기 위해서였다. 그 간선열차의 시간을 맞춰주는 아우라지역과 증산역 사이를 이어주는 정선선의 통근열차 시간은 아직 몇 시간쯤이나 더 남은 네 시 십육 분이었지만 장꾼들이 북적대는 오일장터 가까이에서는 더 머무르고 싶지가 않았던 것이다.

정선역 앞마당에 다다르니 몇 채의 그늘막이 드리워져 있었고 앉을 자리도 여러 개나 비어 있었다. 이미 많은 여행자들이 큼지막한 나물보따리들을 몇 개씩이나 옮겨다 놓고 한곳에 모여서 세상 이야기들을 하고 있었다. 거의가 육칠십 대 늙은이들이었다. 우리 부부처럼 하릴없는 일상을 풀어내려고 정선 오일장 나들이를 떠나온 사람들이 틀림없었다. 이 사람 저 사람이 중구난방으로 입을 열었기 때문에 장마당에는 웃음꽃이 피어나고 있었다.

참으로 아름답고 재미있는 풍경이었다. 집을 나서면 어른들도 아이들이나 다름없이 마음이 들뜨게 되는 모양이다. 그것이 아니면 늙은 사람들끼리 모인 자리라 허물을 느끼지 않기 때문인지도 모를 일이다. 이 마당에서는 누가 잘나고 못 생기고가 없고 누가 가난하고 부유한지도 알 턱이 없다. 모두가 제잘난척 으스대는 모습이 참으로 가관인 것이다.

돈이라는 매개물이 생겨나기 이전부터 사람들 살아가는데 필요한 물건과 물건들을 서로 바꿔서 쓰려고 생겨났을 이 오일장은 그 연원은 밝히기 어렵지만 모든 사람들이 모여들기 때문에 오일장은 참으로 재미있는 사람장터다. 영악스럽지 않고 어질기만 한 농촌 사람들의 순박한 인정이 살아있는 산골의 오일장이기 때문에 더더욱 그렇다.

(2006.6.11.)

중원사람들

충주는 산이 빼어나게 아름다울 뿐 아니라 물이 맑고 평야가 기름져서 예부터 농민들이 살아가기에 알맞은 고장으로 이름이 알려져 있다. 그러니까 충주에는 강원도 태백에서 발원한 남한강이 고을 중심을 꿰뚫고 흘러가고 괴산에서 시작하는 달래강이 도시의 동쪽에서 남한강과 합류하고 명승인 탄금대와 수안보온천이 있어서 조선시대 지리학자인 이중환이 쓴 〈택리지〉에도 사람이 살만한 고을이라고 적혀 있다.

나는 제천 주재기자로 발령을 받아서 몇 해 동안 일하다가 편집국의 느닷없는 인사발령에 따라서 주재지역이 충주로 옮겨지면서 그곳에서 다시 오 년 가까이 일하게 되었었다. 알 만한 사람들은 다 아는 일이지만 충주는 농업이 주요 산업인 농촌이었다. 따라서 농민들은 농업 가운데서도 그때 농가의 큰 소득원으로 떠올랐던 누에고치 농사와 잎담배 농사를 곁들여서 짓고 있었다. 따라서 뽕나무를 심어 누에고치를 생산하는 잠업과 밭에다 담배 모를 심어서 짓는 잎담배 농사는 우리 조상들이 옛날부터 지어오던 쌀과 밀과 보리를 재배하던 재래농사와는 아주 색다른 근대적 농업이었다.

충주시와 중원군(중원군은 내가 충주지방을 떠난 한참 뒤에 행정구역이 개편되면서 지금은 다시 역사 속으로 사라지고 없다) 그리고 음성군과 괴산군 등 충주시 지역과 경계를 나란히 하고 있는 네 개 시군에서는 봄가을로 이 누에고치를 길러내 시장에 팔아서 좋은 값을 받아 농가소득을 올리는 것과, 기름진 오랍들의 밭에나 잎담배 농사를 잘 지어서 높은 등급의 황색 연초를 많이 거둬들여서 가난하던 농민들의 소득을 많이 올려주는 것이 지방행정자치단체의 행정지도목표이고 중심이었다.

앞에서 말했지만 충주는 남한강이 도시의 중심부를 꿰뚫고 흘러가는 물이 많은 고장이다. 그리고 이 충주는 아내가 삼 년 동안 사범학교를 다닌 고장이었다.

나는 아내가 사범학교를 다녔던 충주지방을 한국일보의 주재기자가 되어서 찾아가게 되었다. 내가 부임해 보니 충주는 농업도시이면서도 교통이 사통팔달한 고장이었다. 일급국도가 경북 상주에서 충주와 이천 장호원을 거쳐서 서울로 이어져 있었고 또 동쪽인 제천 단양으로 그리고 또 서쪽인 충청북도 도청소재지인 청주로 그리고 동북쪽인 강원도의 원주와도 지방도로가 휑하게 뚫린 고장이었다. 이밖에 괴산이나 음성 진천과도 좁다란 지방도로가 이어져 있었고 제천에서 시발하여 충주 음성 증평과 청주를 거쳐서 충청남도 연기군의 조치원으로 이어지는 충북선 철도도 지나가고 있어서 주민들이 살아가는데 아주 편리하였다.

이것 말고도 충주는 들이 넓고 땅이 기름져서 거둬들이는 농산물들이 아주 풍성하였다. 그 가운데서 충주하면 누구의 머릿속에나 떠오르는 것이 사과였다. 다른 지방 사람들이 그렇게 여길 만큼 충주에는 사과 밭이 많았다. 사방으로 트여있는 너른 들판은 거의가 논이 아니면 사과 과수원이었다. 가을철이 되면 가로수에도 검붉은 사과들이 주렁주렁 매달려 있는 모습을 바라보면 내 것이 아니고 먹지 않아도 배가 부를 만큼 행복하다는 것이 그때 충주사람들의 말이었다.

그밖에 충주지방 농민들이 힘을 기울여 재배하는 농산물로는 사과 말고도 두 가지가 더 있었다. 바로 누에고치와 잎담배 농사가 지방자치단체의 행정지표가 될 만큼 많은 농민들이 이 농사를 짓고 있었다. 이곳 말고도 잎담배와 누에고치 농사를 힘들여서 짓고 있는 고장은 제천과 단양 그리고 강원도 영월지방도 비슷하였고 죽령 고개를 넘어가 안동을 비롯하여 예천 상주 영주 문경 청송 영양 등 경상북도 북부지방에서도 충청북도 못지않게 특용작물이라 불리던 이런 잎담배 농사들을 많이들 짓고 있었지만 충주만큼 온 힘을 기울이지는 않았었다.

그렇지만 이런 농사가 농민들의 소득과는 곧바로 직결되지 않을 때가 많았다. 그게 무슨 말이냐 하면 시청 군청 같은 지방자치단체들이 겉으로는 농가소득을 높이자는 행정지표를 걸어놓고 농민들에게 농사를 잘 지으라고 권장하면서도 거둬들일 때 국립농산물검사소가 매기는 누에고치의 검사등급과 엽연초생산조합중앙회가 담당하고 있는 잎담배의 등급 사정은 보통 이하로 낮아지기를 은근히 바라고 있었으므로 때로는 정부의 중농정책이 이율배반 아니냐는 농민들의 원성과 비난을 듣지 않을 수 없었다.

공무원들은 농민들 앞에서는 누에고치와 잎담배의 검사등급을 높게 받아야 한다고 입을 모아 말하면서도 뒤로 돌아서서는 등급을 낮게 받아서 정부에서 지불하게 되는 〈배상금〉이 적게 나가기를 바랐던 것이다. 그러니까 농민들 앞에서 농촌이 잘살기 위해서는 농민소득이 높아져야 한다는 평소 지방공무원들의 주장들은 사실상 "입에 발린 말이나 다름없다"고 농민들은 입을 모아서 투덜거렸다.

그때 이 농산물의 품질검사를 맡아 하는 국립농산물검사소가 농림부 산하에 있었기 때문에 〈배상금〉으로 지불할 비축자금이 비교적 넉넉하지 못했던 정부에서는 누에고치와 잎담배 수매에 따른 배상금이 많이 풀려나가지 않아야 정부기관을 잘 운영한다고 상급관청인 경제기획원과 청와대로부터 칭찬을 받을 수 있었다. 때문에 지방자치단체의 수장인 도지사와 시장이나 군수 같은 책임이 있는 공무원들은 농민들이 지켜보는 앞에서는 배상금을 많이 받아야 농촌이 발전하고 농민들이 잘살게 된다고 말하면서도 실제로는 등급을 낮게 받아서 배상금이 적게 나가기를 은근히 바랄 수밖에 없었다.

따라서 이런 정부의 사정을 깊이 알고 있었던 나는 잎담배를 사들이는 농촌지역에 설치한 면소재지의 수매 현장과 누에고치가 출하되는 시골의 잠견공판장을 찾아다니며 검사원들에게 되도록이면 〈등급을 후하게 주라〉고 시비를 걸거나 〈왜 여기서는 등급을 인색하게 매기느냐〉고 떠벌이면서 곳곳에서 검사원들과 부딪치고 다툼을 벌이기 일쑤였다. 행정기관의 상급자도 아닌 종합일간신문의 지방 주재기자로부터 "당신들은 누구를 위한 검사원들이냐"는 기막힌 시비와 욕설을 들으면서도 대거리하기는커녕 내 눈치만 살피던 그 검사원들의 선량하던 모습이 떠오른다.

이렇게 등급을 사정하는 검사원들과의 입씨름은 비슷한 때에 벌어지는 엽연초생산조합중앙회가 주관하는 농촌 곳곳의 잎담배 수매 현장에서도 어김없이 벌어졌었다. 넉넉한 토지를 가지고 있었던 농촌의 독농가들은 누에고치와 잎담배 농사를 거의 같은 수준으로 지었다. 한 농가에서 잎담배 농사를 천오백 평쯤 경작하게 되면 밭두렁이나 산골짜기의 화전 뙈기에 심었던 뽕나무의 잎사귀를 먹여서 기르던 누에고치를 기르는 잠업 농사도 그 평수 못지않게 지었던 것이다.

그래야만 한해 농사를 지어서 품삯 농약 값 비료 값 기타 자재 값 등을 떼어놓고 나머지 소득으로 많은 가족들이 먹고 살 수가 있었기 때문이었다. 농민들은 누에고치 농사든 잎담배 농사를 짓든 한 가지 농사만 지어서는 먹고 살기가 힘들다고 투덜거렸다. 그러니까 생산하고 재배한 농산물을 검사장 마당에 내다놔서 좋은 등급을 받지 못하면 그 해의 농사를 잘못 짓는 것이나 다름없었으므로 농민들은 이 〈검사〉 과정에 목을 맬 수밖에 없었다.

그러니까 마음씨가 너그러운 검사원을 만나서 누에고치와 잎담배의 등급 사정을 만족하게 받는 해에는 그해의 농가소득이 생각 밖으로 높아질 수도 있었고 반대로 등급 사정에 인색한 검사원을 만났을 때에는 그해의 소득이 평년의 반타작이 될 수도 있다고 농민들은 생각하였다. 그러니까 농민들은 자기들이 생산한 농산물의 품질을 따지기 보다는 담당 검사원들을 잘 만나고 못 만나는 것에 한해의 흉년과 풍년을 걸었었다.

그때 충주를 비롯하여 제천 단양 괴산 등 충청북도 북부 농촌지역을 돌아다녀 본 사람들이라면 기억이 떠오를 일이지만 새마을사업을 시작하기 이전의 잎담배와 누에고치 농사를 짓고 살던 농촌마을의 모습은 가난해 보이기는 했었지만 나름대로 아름다웠다. 옹기종기 들어선 초가집들이 햇볕이 넘나드는 곳에다 마을을 이루고 있는 모습이 조금은 을씨년스럽기는 했지만 마을 한가운데 여기저기에는 〈담배 건조실〉로 불리던 유별난 건축물들이 여러 채씩이나 옹기종기 들어서 있어서 좋은 풍경을 만들어 내고 있었다.

초가집의 이층 또는 삼층 높이의 흙으로 지었던 잎담배 건조실은 밭에서 자라난 싱싱한 담배 잎을 따다가 새끼에 줄줄이 엮은 뒤 이 건조실 안에 빽빽하게 매달아서 보통 보름 이상 여러 날 동안이나 불을 때 말리게 되면 짙푸르던 잎담배의 색깔이 황갈색으로 변하게 되면 그때서야 묶어 달았던 새끼줄에서 떼어내서 여름 동안 습기가 있는 집 방안에다 저장했다가 면소재지에 공판장이 열려 잎담배를 받아들이는 계절이 되면 그곳으로 저장했던 잎담배를 상품으로 내놓게 되는 것이었다.

또 이 누에고치를 농림부로부터 넘겨받아서 비단이나 실로 만드는 잠사회사의 제사공장들도 충북 도내에는 충주 제천 괴산 진천 음성 등지에 몇 개씩이나 지어져 있었다. 이 잠사회사들은 지방별로 지어놓은 방직공장으로 누에고치를 옮겨다 놓고 실을 뽑아서 곧바로 명주 같은 상품을 국내시장에 내다 팔기도 했고 일차로 가공된 실을 외국으로 수출해서 큰돈을 벌고 있었다.

그때 농림부가 사들인 이 누에고치를 넘겨받아서 가공하는 제사공장들이 충북 도내에 여러 곳이나 세워져 있었고 이 제사공장에 다니는 여자 직공들만 수천 명에 이르렀을 만큼 많았었다. 이 무렵 충북지방 농촌에서는 이 제사공장을 운영하는 잠사업이 귀중한 외화를 벌어들이는 중소기업으로 각광을 받기도 했었다.

따라서 이 누에고치 씨를 만들어내고 길러낸 누에를 사들여서 가공하는 잠업은 지방의 재산가들이나 정부가 밀어주는 사업가들이 모두 차지하고 있었다. 또 잎담배를 사들이고 가공하는 기업체도 한국 정부와 외국기업들이 그럴듯한 명분으로 합작회사를 만들어 운영했으며 여기서 얻어지는 수익금은 외국회사들과 정부가 운영하는 국영회사들이 비율을 정해서 나눠가졌다.

그러니까 이 잠사업체의 주인들과 담배회사의 한국 쪽 사업주들은 거의가 일제식민통치시대 때부터 일본인들과 손을 잡고 순박하고 가난했던 한국의 농민들을 수탈했었던 지주와 부자들이었다. 그렇지만 해방이 되어 일본인들이 물러가고 내 나라가 세워진 뒤에도 한국의 정부는 그들 기업인들이 다져놓은 기반과 능력을 비판 없이 받아들여서 그대로 후원하고 격려하였으므로 그들이 가지고 있는 금력과 힘을 꺾을 새로운 경쟁자는 없었다.

그때 공식적인 통계는 아니지만 내가 주재하고 있는 충주시 중원군 괴산군 음성군 등 네 개 시군에서 누에고치와 잎담배 농사를 짓는 농민들의 숫자는 대략 일만사천오백여 농가가 넘었다. 충주시가 가장 적었고 중원군과 괴산군 음성군이 그 뒤를 이었다. 이들 농가의 숫자는 사개 시군 전체 농가 숫자의 사분지 일밖에 안 되었지만 독농가들인 이 농민들이 벌어들이는 농가소득이 충북지방의 농촌경제를 저울질하고 있었기 때문에 그 지역에서 중앙일간신문의 주재기자로 활동하는 내가 그 농민들의 소득문제를 나 몰라라 외면할 수는 없는 일이었다.

이런 농업을 주업으로 삼고 살아가던 충주지방에 어느 해 느닷없이 화학비료 공장이 들어서게 되었다. 충주시 목행동 남한강 강가의 너른 터전에 들어선 이 비료공장에서는 그때까지 농민들이 이른바 〈금비〉라고 선망하고 불러오던 요소 유안 가리와 그리고 그 삼 요소를 다 넣어서 만들어낸 복합비료를 생산해서 농산물의 수확량을 높이는데 쓰도록 했었다.

이 충주비료공장이 국내에서는 처음으로 세워졌었다. 외국의 선진기술을 도입하여 이 공장을 세운 뒤에는 잇달아서 전라남도 나주와 경상남도 남해지방에 비슷한 규모의 화학비료공장들이 줄을 지어서 들어서게 되었었으니 충주비료공장은 국내 화학비료공장의 그 앞자리에 있었던 셈이다.

그때까지 한국의 농촌에서 곡식을 가꾸는 밑거름으로 썼었던 것은 풀과 갈잎을 베어서 썩힌 〈퇴비〉라고 불렀던 거름과 외양간에서 소를 기르며 밟혔던 소똥이 묻은 짚이나 〈두엄〉이었다. 이 땅에 〈공해〉라는 해괴한 낱말이 나타나기 이전이었으므로 이때에 경운기나 트랙터 같은 동력을 쓰는 농기계 없이 농사를 지어먹던 농민들이 금비로 불리는 화학비료를 써서 농사를 지어보는 것은 그야말로 꿈같은 일이었다.

정부가 세운 이 충주비료공장에는 사무직과 생산직 등 직원들이 천여 명이나 넘게 일하고 있었지만 본사 사무실이 서울에 있었기 때문인지 충주공장 사무실 직원들은 거의가 서울이나 외지에서 채용돼서 온 이른바 낙하산을 타고 온 사람들이었을 뿐 충주지방 토박이들은 별로 없었다. 비료공장의 생산 현장 일꾼들도 충주지방 사람들이 책임자로 있는 곳은 없었으며 현장 노동자들도 거의가 다른 지방에서 들어온 사람들이었다.

정부나 행정기관이 시골에서 살아가던 농민들을 제대로 거들떠도 보지 않던 시절이었기 때문에 지방에 살고 있는 사람들은 "우리 지역의 실업자들도 충주비료공장에서 일할 수 있게 해 달라"는 하소연도 진정할 줄을 몰랐고 공장 쪽에서도 알아서 지역의 가난한 사람들을 배려하지 않았던 것이다. 그러니까 충주는 비료공장이 들어서도록 강가의 넓은 국공유지를 공장터전으로 내놓고 겨우 공장 이름 앞에 〈충주〉라는 지역호칭만 빌려주는 것으로 만족할 수밖에 없었다.

충주주재기자로 일하는 동안 충주비료공장의 출입 기자로 등록돼 있었던 나는 한 주일이나 열흘 사이로 취재를 목적하고 비료공장에 들어갈 때마다 사장으로 이따금 내려오는 백선엽 씨에게 "서울 노동자들만 쓰지 말고 충주 토박이 가난뱅이 노동자들도 비료공장에서 막일이라도 할 수 있도록 해 달라"는 말을 여러 차례나 했었다. 그러나 그 뒤에도 충주지방의 막일꾼들이 충주비료공장에서 보란 듯이 일자리를 얻었다는 반가운 이야기는 전혀 들어보지 못했었다.

이곳 충주지방에도 문학과 예술을 사랑하는 문화예술인들이 꽤나 많았다. 이 충주에서 태어나서 살다가 타계한 문인으로는 동요시인 권태응 선생이 있었다. 충주시 칠금동 출신이라는 권 시인은 여러 장르에 거쳐서 꽤나 많은 문학작품을 남겼다고 하지만 세상에 알려지고 있는 대표작은 〈자주 꽃 핀 건 자주감자 파보나 마나 자주감자〉라는 동시 〈감자 꽃〉이다.

또 충주시 노은면 연하리의 국망산 밑의 산골마을에서 태어났지만 충주시내에 나와서 중학교와 고등학교를 다닌 뒤 서울로 옮겨가서 대학 공부를 마치고 천구백오십육년 〈문학예술〉이라는 문학잡지에 시가 추천되어 문단에 나온 원로시인 신경림 선생은 지금도 동국대학교의 석좌교수로 활동하고 있다. 이 신경림 선생이 칠십 년대에 발표한 〈농무〉와 〈새재〉 같은 대표적인 시 작품들은 한국 민요시의 새로운 전형을 보여 주었으며 매너리즘에 빠져있던 한국 시단에 새바람을 불어넣었다는 문단의 평가를 받고 있다.

이밖에 충주에서 예술문화 활동을 하였던 사람들로서는 작고한 원로시인 박재륜 선생과 지금 이화여대 명예교수인 문학평론가 유종호 선생 그리고 단양군 적성면 출신인 소설가 강준희 선생 그밖에 경북 문경이 고향이고 충주사범학교를 나와서 초등학교 교사로 봉직했던 시인 양채영 선생, 이 밖에 홍익대학에서 서양화를 전공한 서양화가 이윤진 선생이 지역의 문화예술 발전을 위해 뛰어다니던 모습이 기억에 희미하게 남아있다.

이쯤에서 분명히 하는 말이지만 육십년대 초반에 제천을 주위로 다섯 개 시멘트공장이 들어서면서 그 이웃 마을의 농민들이 분진 공해를 입어서 엄청난 피해를 보게 되었었지만 그것이 지방 주재기자로 활동하는 나와는 직접적으로 아무런 상관도 없었고 내게 책임이 돌아오지도 않는 일이었다. 또 누에고치와 잎담배 농사를 짓고 있는 충주지역 농민들의 소득문제도 농사를 짓는 농민들 앞앞의 일이거나 정부 또는 지방자치단체의 일이었지 신문기자인 내게 책임이 돌아오는 일은 아니었다. 그러므로 내가 그들의 살아가는 삶의 골치를 떠안아서 누에고치나 잎담배 검사원들에게 뜬금없이 수매등급을 높게 매겨달라는 시비를 벌이거나 가슴앓이를 할 필요는 전혀 없었다.

그러나 농촌에서 살았던 나는 한때 찢어지게 가난한 농촌을 부흥시키겠다고 농사꾼으로 일하다가 중앙일간신문의 지방 주재기자라는 뜻밖의 직업을 선택하여 도시로 나왔으므로 농민들에게 조금이라도 소득이 더 돌아가서 그들이 지금보다 잘살 수 있는 길이 마련된다면 한 때의 내 수고는 전혀 계산하지 않아도 된다는 생각으로 살아왔었던 것이다. 비록 〈사회의 목탁〉이라는 사명을 짊어진 신문기자였다고는 하지만 참으로 약아빠지지 못하고 어리석을 뿐 아니라 못 말리는 바보 같은 옹고집이었다.

(2006.5.20.)

시루섬과 분진 공해

한일합방으로 나라를 잃은 뒤 의병으로 궐기했었던 조부모를 따라서 백두대간 산속의 화전마을을 수십 년 동안이나 떠돌며 두더지처럼 살아오던 나는 제이차 세계대전을 일으켜서 인류에게 파탄과 죽음을 강요했던 일본이 패망하여 우리 땅에서 물러가는 감격의 팔일오 해방이 오자 우리 할아버지들의 뼈가 묻혀있는 고향 거문돌 마을로 돌아왔다. 그때의 내 나이는 겨우 일곱 살이었다.

그 뒤부터 아버지 어머니를 비롯하여 모두 다섯 사람이나 되었던 우리 가족들은 모진 가난을 겪으며 살아야 했는데 그것은 우리 가족들이 고향을 떠나 있었던 사십 년의 세월 속에서 할아버지의 이름으로 돼 있었던 농지 모두를 같은 마을에 살고 있었던 친일파들이 빼앗아 갔기 때문이었다. 따라서 우리 가족들은 비록 고향 땅으로 돌아오기는 했지만 하루하루의 생계를 이어가느라 엄청난 고통을 겼었을 뿐 아니라 큰집 작은집의 십여 명이나 되던 후손들이 초등학교 교육조차 받지 못하고 자라날 수밖에 없었다.

그 가운데서 의무교육이던 초등학교를 마치고 용케도 마을 서당에 들어가서 훈장으로부터 십여 년 동안 한문을 배우면서 곁들여서 중 고등학교 과정의 통신강의록을 공부했었던 덕택으로 나는 어른으로 자라난 천구백육십년 초반에 한 독립투사의 종합일간신문인 한국일보의 지방 주재기자가 되었고, 해방 이후 줄곧 살아오던 고향인 거문돌 마을을 떠나 십 리 어간의 군청 소재지인 제천읍내로 이사를 나오게 되었다.

고향에서 농토도 별로 없이 농사꾼 행세를 하다가 이런 뜻밖의 계기로 지방에 주재하는 신문기자가 된 뒤에 가장 힘들었던 일은 한적한 농촌이었던 제천지방에 모두 다섯 개의 시멘트공장들이 갑자기 들어서면서 미처 예상하지 못했던 시멘트분진 공해로 피해를 입게 되었던 사실이다.

매일같이 공장에서 뿜어내는 이 시멘트분진 때문에 일상생활에 큰 고통을 받을 뿐 아니라 농사를 짓는데도 엄청난 피해를 입혔기 때문에 이 시멘트 분진을 뿜어내지 말라고 농민들이 매일 같이 공장 정문 앞에 모여 시위를 벌였다. 따라서 제천지역에 상주하고 있는 주재기자들은 이 농민들의 시위를 공정하게 보도하는 것이 아주 중요한 일이었다.

농민들은 조용하던 농촌에 느닷없이 시멘트공장들이 들어서면서 빈둥거리던 실업자들이 하루아침에 시멘트공장 종업원이 되어 돈벌이를 하는 것 까지는 좋았지만 그러나 공장이 막상 가동되면서부터 전혀 예상하지 못했고 듣도 보도 못했던 분진 공해가 발생하면서 "이 시멘트공장들이야 말로 농촌지역 농민을 살리는 산업체가 아니라 농촌을 죽음으로 몰아넣는 공해 덩어리"라고 비판하면서 정부와 지방자치단체 그리고 시멘트공장 쪽에다 특단의 대책을 요구하고 나섰던 것이다.

그때 언론이 당면했던 문제는 제천을 중심으로 한 단양과 강원도 영월 등지에 모두 다섯 개나 되는 시멘트공장들이 들어서면서 제천이라는 작은 지방도시가 갑자기 한반도 중부지방의 산업도시로 발돋움하는 것 까지는 좋았지만 미리 헤아리지 못한 시멘트분진이라는 〈공해〉가 일어나면서 공장 이웃 마을에서 농사를 짓고 살아오던 수많은 농민들이 엄청난 피해를 입게 되었기 때문에 그 문제를 해결하는 어려운 보도문제가 지방 주재기자들 몫으로 떠올랐던 것이다.

먼저 단양군 관내에 연산 백만 톤 규모의 현대시멘트공장(주인 정주영)과 한일시멘트공장(주인 허채경) 그리고 성신화학시멘트공장(주인 김상수)이 줄줄이 들어섰고 이어서 제천군 송학면에도 같은 생산 규모를 가진 아시아시멘트공장(주인 이동녕)이 들어섰으며 그곳에서 고개 하나 너머인 강원도 영월군 관내에도 같은 규모의 쌍룡시멘트공장(주인 김성곤)이 건설되면서 시멘트를 생산하는 과정에서 일어나는 분진 공해가 공장 부근에 자리 잡고 있는 여러 농촌마을의 주택으로 날아가서 농민들의 주거생활에 지장을 주었을 뿐 아니라 이들이 농사를 짓고 있는 논밭 같은 곳에도 가리지 않고 날아가 자라는 농작물에 큰 피해를 입혔던 것이다.

처음에는 대규모 산업시설인 시멘트공장들이 농촌지역으로 들어오게 되자 큰 혜택이라도 볼 것으로 알았던 농민들이었지만 공장이 가동되면서부터 아침저녁은 물론이고 온종일 날아드는 전혀 예상하지 못했던 시멘트분진 공해로 일상생활과 농업에 곧바로 피해를 입게 되자 그 지역의 농민들이 하루가 멀다 하고 각 시멘트공장의 정문 앞에 모여들어서 시멘트 분진 때문에 살아가기 힘들다고 아우성을 쳤던 것이다.

이렇게 농민들의 시위는 매일 같이 이어졌지만 각 시멘트공장 쪽에서는 그때그때 농민들에게 얼마간의 위로금을 풀어주면서 달랬다. 그러나 시멘트공장이 들어선 그 지역의 지방자치단체인 제천군청이나 단양군청 그리고 영월군청은 말할 것도 없고 충청북도 청주에 있는 충북도청이나 춘천에 있는 강원도청에서는 힘없고 권력을 가지지 못한 농민들의 시름을 남의 집에 불 보듯 못 본 체만 하였다.

이 때문에 시멘트공장이 가동되고 한해가 지나가도록 시멘트분진으로 일어나는 공해 문제의 뿌리를 뽑는 해결책은 어느 곳에서도 나오지 않고 있었다. 그렇게 오랫동안 지역사회의 골칫거리가 되어온 이 분진 공해 문제를 소극적으로 보도만 하던 제천지역의 중앙일간신문사 기자들이 어느 날 한자리에 모여 농민들의 피해를 더 이상 방치할 수는 없다는데 뜻을 모으고 자신들이 소속된 신문에 시멘트공장들이 근본적인 공해방지시설을 도입하도록 심층적인 릴레이 보도에 나서게 되었다.

이렇게 시작된 언론보도는 동아일보 한국일보 조선일보 중앙일보 경향신문 서울신문 신아일보 등 일곱 개 중앙일간신문과 지방신문인 충청일보 그리고 서울에서 송출되는 케이비에스 국영방송 전파를 통해서 매스컴들이 짝을 이뤄서 시멘트분진 피해 보도를 이어나갔다. 이 보도가 나가고 며칠이 지나자 시멘트공장들도 농민들의 호소에 귀를 기울이지 않을 수 없었다.

모든 신문들은 사건기사와 사설 칼럼 등 여러 쪽에서 크게 보도하였고 티브이 방송과 통신사들도 시멘트분진 공해가 발생하는 과정과 그 분진 공해가 어떻게 농민들과 농작물에 피해를 입히는지를 가름 하는 르포취재와 특집영상 등으로 제작하여 독자들과 시청자들이 관심을 기울이도록 깊이 있게 잇달아 보도하였다.

이런 매스컴의 집중적인 분진 공해 보도가 한 달 이상이나 이이지자 각 지역의 피해 농민들은 옛날의 삶을 되찾는 길이 열렸다고 환호성을 올리며 반가워하였다. 아울러 시멘트분진 공해 보도가 국내 전체 매스컴을 통해서 파격적으로 오랫동안 이어지자 정부를 비롯한 지방자치단체들도 피해대책 강구에 나서게 되었다. 아울러 한국시멘트공업협회도 각 시멘트공장을 상대로 공해방지대책을 큰 문제로 협의하게 되었고, 끝내는 시멘트분진 공해를 뿌리 뽑으려면 막대한 비용을 들여서라도 각 공장 별로 〈집진기〉를 외국에서 수입 설치해야 된다는데 까지 이르게 되었다.

시멘트공장의 분진이란 시멘트를 만드는 과정에서 나오는 짙은 석회석 먼지다. 채석장에서 파낸 석회석을 공장으로 옮겨온 뒤 이 석회석 덩어리를 큰 가마에 넣고 화공약품을 섞어서 익히면 시멘트의 반제품인 크링카가 만들어지는 것이다. 그러니까 석회석을 시멘트로 구울 때 나오는 먼지가 바로 분진이고 이 분진이 공장의 굴뚝을 통해서 이웃 농촌마을로 마구 날려가면서 농가들은 물론이고 너른 들녘에서 자라나는 농작물에까지 피해를 입히면서 엄청난 공해가 되었던 것이다.

그 무렵 막 출범한 한국의 제삼공화국 정부는 경제개발 오개년 계획을 세우면서 프랑스 이탈리아 독일 등 일부 선진국에서 사양산업으로 외면 받기 시작한 시멘트공업 제조 기술 기자재들을 싼값에 국내로 들여와서 몇몇 재벌들에게 특혜를 베풀었다. 이때 공장설립 허가를 받은 민간기업들은 정부의 지불보증을 받아 세계 은행으로부터 십년 또는 몇십 년 연불상환의 조건 아래 차관자금까지 빌려왔으며 시멘트공장을 짓고 제조하는 기술은 프랑스의 포리시우스 그리고 독일의 지멘스 같은 글로벌기업들이 제공하였다.

이 시멘트공장은 처음부터 공해방지를 위한 〈집진기〉를 아울러 설치하는 것이 공장설립의 요건이었다. 그러나 한국의 재벌기업들은 엄청난 시설자금과 운용비용을 감안하여 이 집진기 시설을 설계단계에서 교묘하게도 빼버렸으므로 분진 공해가 원천적으로 일어날 수밖에 없었던 것이다. 그러니까 재벌기업들이 공장 신설 비용을 아끼기 위해서 저지른 비리였지만 허가를 내주는 과정에서 정부 당국이 모르는 체 눈을 감아버렸기 때문에 일어날 수밖에 없었던 예견된 사고였었다.

이 집진기는 한 대 설치하는 값이 그때 돈으로 수억 원에 이르렀으므로 외국의 빚을 얻어서 공장을 짓는 업체들로서는 당연히 아끼고 싶을 만한 큰돈이었다. 또 이 집진기는 공장을 가동하고 시멘트를 생산하는 동안에는 한 때도 쉬지 않고 돌려야 하기 때문에 그 운전과정에 들어가는 전기료의 부담 또한 그때로서는 엄청나게 많았으므로 각 시멘트공장들이 이 집진기를 사들이고 가동하는 것을 의도적으로 기피할 수밖에 없었다.

이때 제천 단양과 강원도 영월 등 다섯 개 시멘트공장에서 뿜어내는 분진 공해로 직접적으로 피해를 입고 있는 농가들만 무려 오천오백 가구가 넘었고 이 농민들이 입고 있었던 연간 피해액은 주택 훼손과 농작물 피해를 합해서 어마어마한 천문학적 숫자에 이르고 있다는 매스컴들의 보도가 잇따르자 정부 쪽은 물론이고 막 생겨나기 시작한 시민단체들이 이 문제를 그대로 덮어버리지 않았다. 따라서 시멘트공장 업주들은 속은 쓰렸지만 큰돈을 들여서라도 값비싼 집진기를 공장마다 설치하여 공해방지에 나설 수밖에 없었다.

그러니까 이 시멘트공장에서 뿜어져 나오는 먼지 공해 사건은 처음에 산발적으로 대응하던 제천에 주재하는 각 중앙일간신문의 기자들이 뜻을 모아 함께 집중 보도를 하게 되면서 각 공장들이 큰돈을 들여 외국에서 〈집진기〉 사들여 설치하면서 매듭을 짓게 되었다. 물론 이 집진기를 설치한다고 해서 공해가 완벽하게 제거된다고 볼 수는 없었지만 이 분진 공해 문제가 풀리면서 각 시멘트공장도 농민들의 잇따른 시위에 시달리지 않게 되었고, 피해지역 농민들도 주거환경을 개선하면서 농작물 피해를 입지 않고 살아가게 되어서 그야말로 오랜만에 모처럼 지역의 평화가 이뤄졌던 것이다.

내가 제천 주재기자로 일하는 몇 해 동안에 또 하나 잊을 수 없었던 큰 사건은 천구백칠십이년 팔월 십구일 밤에 일어난 제천 단양 지역에 집중적으로 쏟아졌던 큰물이었다. 남한강 상류인 강원도 영월군 남쪽에서부터 충청북도 북부지역인 단양 제천지역에 내렸던 큰물 때문에 일백육십여 리의 남한강 강변마을들이 엄청난 수해 피해를 입어 삼천여 농가의 주민 오천여 명이 하루아침에 수재민이 되었었던 일이다.

내가 주재하고 있었던 농촌지역에서 이렇듯 예상하지 못했던 큰 물난리가 일어나자 나는 모든 업무를 이 수해 보도에 쏟았고 발 벗고 뛰게 되었다. 이때 이 지역에 하루 사이에 쏟아진 빗물은 무려 일천이백 밀리나 되었는데 이 엄청나고 무서운 큰물이 천구백칠십이년 팔월 십구일과 이십일 밤사이에 집중적으로 쏟아졌던 것이다. 따라서 모든 피해 농민들은 내리는 비를 바라보며 설마설마 하면서 뜬눈으로 밤을 지새우다가 물난리를 만나고 말았다.

이때 나는 편집국에서 수해를 취재하려고 급히 내려온 사회부 및 사진부 기자들과 함께 며칠 동안이나 숙식을 함께 하면서 수해를 입은 제천 단양의 농촌지역을 걸어서 답사하였고 집과 농토를 잃고 좌왕우왕하는 안타까운 농민들의 모습을 바라볼 수 있었다. 그나마 계절이 여름철이라 다행이었다. 수해를 입은 농민들은 당장 거처할 곳이 필요했지만 그때 도청이나 시 군청 같은 지방자치단체들은 아무런 힘이 없었다. 고작 대한적십자사에서 보내온 천막 몇 개씩을 마을마다 쳐놓고 수재민들끼리 모여서 라면과 국수로 끼니를 때울 수밖에 없었던 모습이 새롭기만 하다.

가장 안타까웠던 것은 단양 읍내 남한강 상류의 〈시루섬〉에서 뽕나무를 심어 누에고치를 기르는 것을 생업으로 삼아오던 농민 이백사십여 명이 갑자기 불어난 물로 섬을 빠져나가지 못한 채 갇히게 되었던 사건이다. 십구일 오후 다섯 시께부터 갑자기 상류지방에 쏟아지는 빗물이 남한강으로 밀려들면서 강 주변의 농경지와 마을을 온통 뒤덮어버리자 이 섬에 살던 오십여 가구 주민 모두는 쉬울세라 마을에서 가장 높은 건물이라 할 둥그런 철제 물탱크 위로 올라가 바깥의 구조 손길을 기다리면서 강물이 줄어들기를 기다릴 수밖에 없었다.

수해나 화재 같은 큰 재해가 일어났을 때 주민이 고립되었을 때 먹을 물을 대주기 위해서 만들어진 이 물탱크의 지붕은 둥그런 원형의 쇠붙이로 된 뚜껑이었고 윗부분의 넓이는 겨우 육칠 평 넓이밖에 안 됐었지만 이 물통 위로 섬 안에 살던 주민들이 모두 모여들었기 때문에 어른들이 아이들을 품에 껴안는가 하면 어른 위에 어른들이 포개 앉는 방식으로 엉겨 붙어서 섬 쪽으로 몰려오는 남한강의 급류를 피하고 있었다. 그러나 시간이 지날수록 장대같이 쏟아지는 비는 그치지 않았고 상류에서 흘러드는 강물의 양도 줄어들기는커녕 오히려 늘어나고 있었다.

이 섬을 취재하려고 강 밖의 마을에서 이 모습을 바라보며 발을 동동 구르던 나는 이 시루섬 주민들을 희생자 없이 구출해야 되겠다는 생각이 미치자 십 리가 넘는 단양군청이 있는 소재지의 우체국으로 뛰다시피 걸어 나가서 그때 국방부를 출입하고 있던 한국일보 사회부의 박승탁 기자에게 긴급전화를 걸었었는데 물난리가 일어나면서 단양에서 서울을 비롯한 외지와의 시외전화가 불통되고 있었는데도 기적같이 통화가 이뤄졌던 것이다.

나는 남한강 속에서 사경을 헤매고 있는 시루섬 농민들의 급박한 상황을 대충 설명하면서 이들을 강물 속의 섬에서 살려내려면 국군이 보유하고 있는 작전용 헬리콥터 지원이 있어야 한다고 역설하면서 어떻게 해서든 이 농민들을 살려내야 한다고 울먹이며 애원하였다. 박승탁 기자와는 서로 이름만 들어서 알고 있었지만 일면식도 없었던 시골의 지방 주재기자로서는 참으로 오지랖 넓은 행동이 아닐 수 없었다.

그렇게 단양우체국에서 서울의 박승탁 기자와 통화를 끝내고 시루섬이 바라보이는 맞은편 마을로 돌아와서 동네 사람들과 함께 밤을 꼬박 새우면서 가슴을 졸이던 나는 이튿날 새벽 기적 같은 모습을 눈으로 확인하게 되었다. 국방부 출입기자실 쪽의 인명구조 요청을 받았던 강원도 원주 근교에 주둔하던 국군과 미군의 중형헬기들 여러 대가 이백여 리가 넘는 단양지역의 시루섬 수해 현장으로 날아왔고, 무려 스무 시간 가까이 물탱크 위에서 발을 동동 구르던 죽음 일보 전의 잠업농민들 이백사십여 명 모두를 섬 밖의 육지인 상진나루로 구출해 내는 작전이 이뤄졌었다.

한국일보의 신속한 보도로 이 시루섬 잠업농민들의 구출 작전이 성공을 거둔 뒤 충청북도청과 단양군청은 곧바로 시루섬을 농민들이 다시 섬으로 들어가 살거나 잠업농사를 지을 수 없게 만들었다. 원래 시루섬은 남한강 속에 솟아있던 일만 여 평 규모의 하천부지였었는데 오래 전부터 섬과 가까운 강변마을의 가난한 농민들이 공무원들 몰래 배를 타고 들어가서 감자나 보리 같은 계절 농사를 지어왔던 곳이었다. 단양군청이나 단양읍사무소에서도 이런 사실을 대체로 알고 있었지만 모르는 체 눈을 감아줬었다.

그런데 몇 해 전부터 어떤 힘 있는 농민이 군청에다 뽕나무 밭을 만들도록 임대허가를 받았고 군청에서도 여름과 가을철 누에고치 농사를 지을 때에만 아침에 들어가서 일하다가 저녁때에 나오는 조건으로 영농허가를 내줬다는 것이었다. 하지만 지방자치단체의 관리가 허술한 틈을 타고 그랬는지 자세한 내막은 알 수 없지만 농민들이 섬 안에다 누에를 길러내는 여러 채의 잠실(가건물) 까지 지어놓고 대규모로 잠업농사를 짓다가 뜻하지 않은 큰 물난리를 만나면서 느닷없이 죽음 직전으로 내몰리게 되었던 것이다.

수해가 끝나자 단양군은 또다시 물난리를 겪을 수 없다는 지침 아래 시루섬의 잠업허가를 취소하는 한편 섬 안에 지어졌던 여러 채의 누에치는 잠실도 헐어내도록 하였으며 또 섬 속의 밭에 심어져 있었던 뽕나무를 모두 뽑아내는 한편 건설용 중장비를 투입하여 강물보다 조금 높았던 섬의 지층을 강물보나 낮게 파내는 공사를 벌여서 시루섬 자체를 아예 없앴던 것이다. 그러니까 남한강 속의 하천부지였었던 시루섬은 오랜만에 다시 본래의 강변 모래밭으로 돌아갔다.

어쨌든 이 〈칠이구〉 수해를 계기로 티브이 방송이 구실을 제대로 못 하던 그때에 중앙에서 발간되는 종합일간신문의 지방 주재기자들이 어떻게 언론보도에 대처해야 농촌지역주민들이 재난을 빨리 극복하고 수습할 수 있는지를 절실하게 경험하는 반면교사의 계기가 되었다. 많은 세월이 흘러간 지금이야 물난리 불난리 산사태 같은 국가적인 큰 재앙이 일어나면 정부의 중앙재해대책본부가 움직이고 공민영 티브이 방송이 현장 상황을 때때로 보도할 뿐 아니라 시민들 모두가 가지고 있는 손전화로 긴급한 정보를 주고받을 수 있는 세상이 되었으니 그야말로 격세지감을 느끼지 않을 수가 없다.

(2006.3.10.)

걸어가니 길이었다

길이 있어서 걸어갔는지 걸어가다가 보니 길이 만들어졌는지 그것을 굳이 헤아리고 싶은 생각은 없다. 어찌 됐든 나는 초등학교를 나온 뒤부터 의무병으로 육군에 입대할 때까지 마을에 있는 서당에서 십여 년 가까이 한문을 공부하였다. 그러니까 그때 나를 사로잡은 것은 서양의 신학문이 아니라 훈장님으로부터 배웠던 동양의 뜻깊은 사상이었다.

그렇게 고향 마을에서 부모님을 모시고 살아오던 나는 뜻밖의 계기로 중앙일간신문의 지방 주재기자가 되었다. 농촌에 살면서 농사일밖에 모르던 나에게 신문기자의 길을 열어주고 지방 주재기자의 올바른 구실을 가르쳐준 어른은 그때 제천 읍내에 사시면서 지역의 젊은이들에게 올바른 역사의식을 일깨워 주시면서 책 읽기를 권장하시던 한 독립투사 어른이셨다.

그때는 육십년대 초반이었다. 사일구 학생혁명으로 출범한 민주당 정부가 겨우 아홉 달을 넘겼을 때 느닷없이 탱크를 앞세우고 군사

반란을 일으켰던 한 무리의 군인들이 사회를 안정시킨 뒤 군인 본연의 임무로 복귀하겠다고 시민들에게 약속했던 〈혁명공약〉을 헌신짝처럼 던져버리고 정치인이 되어 국가권력을 장악하고 있었기 때문에 민주공화국을 지탱하는 자유언론의 보도기능 회복이 긴박하고 절실한 무렵이었다.

그 독립투사 어른은 내가 한국일보로부터 임명장을 받고 제천 주재기자로 일을 시작하자 곧바로 〈신문기자는 우리 사회를 일깨우는 목탁임과 동시에 가난하게 살기 때문에 정치권력에 눌려서 힘이 미약한 사람들을 도와야 한다〉는 사명감을 깨우쳐 주셨다. 또 선생님은 〈신문기자는 사회정의를 구현하고 이바지하는 역군이 돼야하고 인류사회를 지키는 불침번이고 파수꾼〉이라는 사실도 아울러 가르쳐 주셨다.

그러니까 나는 학교 공부를 통해서 언론인의 사명을 배웠거나 신문기자의 행동양식을 본받은 사람은 아니었다. 오랫동안 한문공부를 하는 동안에 익혔던 논어와 중용에 심취하면서 동양의 학문이라고 일컬어지는 주자학을 본받으려고 행동하였다. 이 모습을 가까이에서 지켜봤던 독립투사 어른의 추천으로 지방 주재기자가 되었으므로 그 길에서 벗어나서는 안 된다는 각오로 생활해 왔었던 것이 다른 사람들과는 구분되는 점이었다.

그렇게 한국일보 지방기자가 되었던 나는 처음에 제천 주재기자로 발령을 받고 사년 동안 열심히 근무하다가 다시 충주 주재기자로 전근 발령을 받았고, 그곳에서 다시 사 년 넘게 일하다가 다시 충청북도 도청소재지인 청주로 전보 발령이 났고 여기서는 다시 오육 년 동안 근무하면서 도내 네 개 지역에 주재하는 다섯 명 기자들을 관리하는 취재본부장으로 일하기도 했었다.

아마도 천구백팔십칠년의 어느 날로 기억된다. 한국일보 편집국에서 일하고 있는 후배 기자들 몇이 찾아오더니 “선배님! 세상이 이렇게 어지러우니 우리도 민주언론창달을 서둘러야 되지 않겠습니까?”라고 말하면서 회사 안에 언론노동조합을 만들고 싶으니 선배인 나보고 그 중심이 돼 달라는 것이었다.

그때는 보안사령관을 하던 전두환이 〈십이륙〉 사태를 수습한다는 명분으로 〈십이십이〉 군사 반란을 일으키고도 모자라 통일주체국민회의 대의원들을 장충체육관에 모아서 간선제 대통령이 된 뒤 무려 칠년을 넘어서 장기집권으로 치닫게 되자 이제는 대통령을 시민들의 손으로 뽑아내는 직선제 개헌을 해야 한다는 대학생들과 젊은 직장인들이 매일 같이 서울 중심지로 몰려나와서 시위를 벌이고 있었다.

그러나 불행하게도 이때 한국일보 건물 삼층의 편집국에는 한국일보기자들보다 중앙정보부 국군보안사령부 치안본부소속 정보경찰 등 여러 분야의 기관원들 수십 명이 매일같이 모여들어서 정치면에 쓸 시국과 관련된 큼지막한 기사들은 물론이고 사회면에 들어갈 일 단짜리 작달막한 기사들까지 자기들 안목으로 사전검열을 한다면서 짓고 까부는 바람에 춘추필법의 정론을 편다고 주장하던 청년신문 한국일보의 지면이 매일 얼룩투성이로 제작 발행되고 있었다.

이런 기막힌 현상은 그때 편집국에 기생하던 일부 함량 미달의 기자들이 이 기관원들과 짝짜꿍이 되어 내통하면서 기자들이 편집국으로 써 넘긴 그날그날의 중요기사를 신문이 제작되기 이전에 미리 기관원들에 의해서 검열을 받았기 때문에 발행인이나 편집국장이 곧잘 협박을 당하거나 발목이 잡혀서 전두환 정부에 불리한 기사들은 보도가 통제되곤 하였다.

그러니까 사회적으로 파장을 일으킬 중요한 기사들은 아예 이 기관원들의 손에서 난도질 되어 축소 폐기되기 일쑤였던 것이다. 언론자유가 거의 말살되고 있었다. 그러나 길거리에서 판매되는 신문을 받아보는 독자들이나 가정에서 신문을 받아보는 일반 시민들은 편집 제작과정에서 일어나고 있었던 이런 기막히고 부끄러운 일들을 전혀 알 수가 없었다.

뿐만 아니었다. 그때 정치권과 정부 부처에는 일부 언론사 출신들이 권력과 금력을 탐닉하기 위해서 신군부 세력들에게 빌붙어서 갖은 못된 짓거리를 벌이고 있었다. 특히 동아일보와 조선일보 중앙일보 한국일보 경향신문 등 명성이 높았던 종합일간신문에서 필명을 날리던 중량급 기자들이 언론인이라는 이름을 가슴에 새긴 채 정계와 관계로 팔려나가서 신군부가 집행하는 모든 정책과 사업들을 합리화 시키는데 앞잡이 노릇을 하고 있었다.

이들의 행동은 아주 구체적이었다. 이름이 널리 알려졌던 논설위원이나 유명한 정치부 기자로 활약했던 그들은 처음에는 신군부의 군사반란을 어쩔 수 없었던 상황에서 일어난 양심적 장교들의 봉기라고 우겨대다가 얼마가 지나간 뒤에는 아예 신군부가 만든 정부여당 안으로 들어가서 힘을 휘두르는 전국구 국회의원으로 변신하거나 정부 부처의 장차관이 된 사람이 많았고 그것도 아니면 정부가 운영하는 국영기업체의 수장이 돼 있었다.

이 무렵에 이름을 날리던 신문기자들이 가장 많이 빠져나간 곳이 동아일보와 조선일보 같은 이른바 역사가 오래된 보수신문들이었고 그다음으로 한국일보 중앙일보 경향신문 서울신문 같은 종합일간신문들이었다. 이들은 자기들이 근무했던 매체를 통해서 칼날 같이 휘두르던 〈언관사관〉의 비판정신을 땅에 묻어버리고 총칼을 들고 나타난 신군부 정권에 충성하는 기생충이 되어 반대급부로 쏟아지던 새로운 영화를 누렸던 것이다.

그런데 동아일보와 조선일보 같은 보수신문 출신 기자들은 자기가 몸담았던 신문사를 떠나 정계나 관계로 나간 뒤에도 이른바 친정 신문사와 끊임없이 교류하는 거래를 해왔었다는 데 특징이 있었다. 모태였던 신문사가 어떤 큰 사업을 추진하거나 어려운 보도문제로 허우적거릴 때에는 그들이 앞장서 정부와 정권의 힘을 움직여서 성과를 얻도록 만들었으며, 반대로 그런 기자 출신들이 선거를 치러서 국회의원이 되려고 할 때에는 친정 신문사들이 물심양면으로 후원을 쏟아서 소기의 목적을 달성시켰던 것이다.

그때 이름을 밝히면 누구나 알 수 있는 명문대학 출신의 한국일보 견습기자 여러 명도 어떤 연줄을 탔는지는 모르지만 정계와 관계로 진출해서 눈부시게 활동하고 있었다. 그렇지만 그들은 자신들의 친정신문인 한국일보의 발전을 위해서는 별로 기여하자 않았다는 비난을 받았었다. 때문에 같은 중앙일간신문 출신이면서도 동아 조선일보 전직 기자들과는 엇가는 행태를 보였다는 것이 그때 한국일보에 재직하던 사원들의 중평이었다.

어찌 됐든 천구백오십사년에 창간되어 정상의 고지를 향해서 발버

둥 치던 한국일보의 위상이 지면과 사세에서 다른 신문들에 비해 눈에 띄게 추락했거나 약세에 몰려 있었다. 그러나 한국일보를 떠나 출세의 길에 올랐던 당사자들은 이런 현상에 전혀 반응하지 않았었다. 이런 사정을 알고도 모르는 체 했었는지 능력이 모자라서 행동에 나서지 못했는지 속내는 전혀 알 수 없지만 객관적으로 볼 때 자신들의 개인적인 출세와 영달에만 치우쳤다는 비난을 피할 수 없었다.

나는 후배 기자들과 여러 차례 만나 이와 비슷한 이야기를 나누면서 비감을 토로했던 기억이 떠오른다. 따라서 왕초라는 애칭을 받으며 한국일보 발전을 진두지휘하던 장기영 사주가 일찍 타계했기 때문에 이 질곡의 전환기를 벗어나 능동적인 발전을 이룩하자면 전체 사원들을 주축으로 노동조합이 결성되어 경영진을 뒷받침 하는가 한편 사주의 입맛에 따라서 임명돼오던 편집국장을 기자들 손으로 직접 뽑아내는 과감한 직선제를 도입하는 새로운 시대의 언론창달이 이뤄져야 한다는데 뜻이 모이고 있었다.

이른바 성골이라는 〈견습기자〉 출신도 아니었고 나이도 비교적 많은 편이었으며 더구나 서자로 취급되는 지방 주재기자로만 생활해왔던 내가 편집국의 후배 기자들과 더불어 이 같은 속내를 주고받게 되었던 바탕은 바로 이런 것들 때문이었다. 나는 지방에 주재하면서도 한국의 민주주의가 지향해야 방향이나 올바른 민주언론 창달을 위한 글들을 〈저널리즘〉이나 〈기자협회보〉 등에 기고했었고, 언론의 당면한 과제를 다루는 심포지엄이 열리면 자주 주제발표를 했었기 때문이었다.

그렇게 일부 후배 기자들과 소통하고 있었기 때문에 나는 편집국으로 옮겨온 뒤부터 그들의 구심점에서 벗어날 수가 없었다. 나와 몇 차례에 걸쳐 깊은 이야기를 나눈 후배 기자들은 내 뜻을 받아들여서 한국일보 노동조합을 창설하기로 작정하였고, 날짜를 그해 시월 이십구일 장소를 종로일가 와이엠시에이회관으로 작정한 것도 여럿이 모여서 함께 정했었던 것이다.

대한민국의 신문방송사가 수십 개나 자리 잡고 있는 수도 서울에서 그때 정상에 있지도 못했던 한국일보가 다른 언론사에 앞장서서 언론노동조합을 만든다는 일이 말처럼 쉬운 일은 아니었다. 노동조합 창설을 주동하는 기자들은 편집국에서 평소와 다름없이 주어진 일을 해내면서 편집국장과 경영진의 눈을 피해서 구체적인 계획을 짜는 한편 성향을 알 수 없는 기자들 개개인을 남몰래 만나서 창립발기인이 되어달라고 섭외하는 것은 생각 밖으로 무척이나 두렵고 어려운 일이기만 했었다.

그렇게 조마조마하게 몇 며칠을 보낸 뒤 한국일보 노동조합은 예정되었던 날 그 장소에서 창립대회를 열고 당당하게 출범하였다. 같은 지붕 아래서 발행되는 한국일보 일간스포츠 코리아타임스 소년한국일보 등 여러 종류의 일간신문과 주간지 월간지 등 각종 자매지에서 일하고 있는 모두 쉰여덟 명의 기자들이 가까스로 발기인이 되어 창립총회를 열었으며 초대노동조합 위원장으로는 경제부에 소속돼 있었던 최해운 기자를 뽑은 뒤 곧바로 종로구청으로 달려가 노동조합 설립 신고까지 하였다.

그렇게 나는 한국일보 창설노동조합의 발기인으로 참여하였으며 한해가 지나간 팔십구년의 제 이기 집행부에서는 여러 후배들의 끈질긴 간청을 뿌리칠 수가 없어서 세 사람을 뽑는 부위원장의 한 사람이 되었었다. 더구나 그해에 노동조합 쪽에서 내걸었던 노사협상 안건이 경영주 쪽의 일방적인 거부로 불발되자 무려 여덟 시간에 걸친 한국일보 노동조합 최초의 전면파업을 벌이면서 새로 생긴 노동조합의 단합된 힘을 보여주기도 했었다.

기자들이 노동조합을 만들려는 바탕은 투표를 통해서 선장이나 다름없는 편집국장을 자신들의 손으로 직접 뽑아내고 춘추필법에 따라 쓰고 싶은 기사를 맘대로 쓰며 경영주와 기자들이 평등한 노사협약을 만들어서 명실상부한 민주언론을 구현하기 위함이었다. 그러나 천구백육십오년부터 한국의 신문방송사 기자들이 모여서 발족시켰던 한국기자협회 같은 임의조직으로는 힘이 모자랄 뿐 아니라 새롭게 불어닥치고 있는 지구촌의 진보적인 언론환경을 담기가 어렵다고 판단되었기 때문이었다.

내가 한국일보 노동조합의 창설조합원으로 활동하는 동안에 조합이 힘을 기울여 추진하였던 일은 〈편집국장 직선제〉와 한국일보에서 일하는 모든 사원들의 〈단일호봉제〉를 만드는 벅찬 사업이었다. 편집국장을 기자들이 스스로 뽑는 직선제는 장점과 단점이 함께 있었지만 둘 가운데서 기자들이 신문 제작의 사실상 책임자라 할 수 있는 편집국장을 스스로 뽑아낸다는 장점을 먼저 살려보기로 했었던 것이다.

그다음 두 번째로 전체 사원들을 같은 호봉으로 묶는 단일호봉제 사업을 실행하였던 것은 그때 한국일보 사원들의 봉급체계가 들쭉날쭉 엉망이었기 때문에 이를 바로 잡아서 사원 사이의 평화를 이루자는 뜻이었다. 한국일보는 출범할 때부터 이름은 주식회사로 돼 있었지만 사주 한사람이 독자적으로 운영해왔었기 때문에 입사할 때 책정되었던 모든 사원들의 호봉을 학력 나이 경력 등 일정한 기준에 따라 단일화시키자는데 숨은 뜻이 있었다.

내가 사원들의 〈단일호봉제〉 사업을 강력히 밀어붙였던 밑절미는 깊은 곡절이 있었다. 노동조합을 창립한 뒤 어느 날 북한산의 한 산장에서 분회별로 분임토의를 열었는데 마침 공무국에 근무하던 어떤 조합원이 자기들의 임금 실태를 낱낱이 발표하는 것을 듣고 깜짝 놀랐던 것이다. 중학교나 고등학교를 졸업하고 개인이 운영하는 작은 인쇄소에서 인쇄일을 배웠다가 기회가 생겨서 한국일보라는 신문사로 입사한 사람들이 대부분이었다고 하였는데 나중에 입사한 사원의 경우 그때 받는 봉급이 겨우 이십만 원 미만이라는 것이었다.

그 공무국 사원들은 이십만 원이 채 안 되는 봉급이 지난날 이름 없는 작은 인쇄소에서 받았던 봉급보다는 분명히 많다고 생각하고 일해왔었는데, 어느 날 나이가 비슷한 자기 또래의 편집국 견습 출신 기자들과 자매지에서 일하는 일간지 기자들 그리고 총무국에 근무하는 일반사원들이 받는 월급이 공무국에서 일하는 자기들 보다 갑절 넘게 많다는 사실을 알고는 상식 이하로 낮은 자신들의 봉급 때문에 상대적인 박탈감을 느끼게 되었으며 그때 이후 봉급을 받는 날이면 자기들만 홀대를 받는 것이 억울해서 잠을 못 이룬다고 고백하였던 것이다.

이 모임이 끝난 뒤 남다른 충격을 받은 노동조합 집행부 쪽에서는 공식적으로 일천 명이 넘었던 한국일보 전체 사원들의 봉급현황을 어렵사리 입수해서 살펴보았더니 들쭉날쭉한 호봉이 공무국 사원들 뿐이 아니었다. 기자들도 견습기자 출신들과 비 견습기자 사이에 오름

내림이 많았고 한국일보 편집국과 자매지 편집국 사이에도 차등이 있었으며 공무국을 비롯하여 업무국 등 일반관리부서 사원들의 봉급은 거의가 편집국 기자들의 절반 이하 또는 삼분의 일 수준이었음이 밝혀졌던 것이다.

사원들이 그런 불만족스러운 대우를 받으며 일할 수밖에 없었던 것은 한국일보 안에서 자매지 별로 그때그때 필요한 인력들을 따로 뽑아서 썼었기 때문이기도 하지만, 신문사 나름으로 일정한 호봉기준표가 근본적으로 마련돼 있지 않아서 입사할 때 〈학력〉이나 〈나이〉와 〈경력〉들을 제대로 따져주지 않았을 뿐 아니라 사원들의 봉급과 인사문제를 모두 사주 한 사람의 지시에 따라서 총무국 담당자들이 임의로 관리했었기 때문이었다.

나는 제 이기 집행부에서 이 단일호봉제 문제를 맨 앞에 두고 처리하도록 추진했었고 편집국장 직선제 문제는 그 다음으로 돌려놨었다. 한 지붕 밑에서 일하는 사원들이 상대적 박탈감을 느끼고 일한다면 능률면에서도 회사의 손실이 컸고 사원 개인적으로도 참을 수 없는 모욕이었기 때문에 제 이기 집행부에서는 이 두 가지 현안문제를 어김없이 〈노사합의사항〉으로 제의하여 반드시 합의 통과시키도록 힘을 기울였었다.

문제의 〈사원단일호봉제〉가 어렵사리 노사합의로 통과되고 회사쪽과 노동조합 쪽 사람들이 몇 달 동안의 힘겨운 전산 작업을 벌인 끝에 실행에 들어가자 한국일보 사원들 사이에서는 웃고 우는 일이 벌어지고 말았다는 것이다. 경영주와 가까운 사람들과의 친분을 이용하여 입사한 뒤에 상대적으로 두둑한 대우를 받았던 수많은 사원들의 봉급은 줄어들게 되었으며 상대적으로 박탈감에 시달리던 공무국 이외의 일반사원들의 봉급은 생각 밖으로 꽤나 올라가게 되었다.

그러나 이런 단일호봉제를 비롯한 사용주와 노동자 사이의 이른바 〈노사합의〉는 한번 통과된 뒤에 개정할 수 없는 정부 부처의 법률과는 다르다는 사실이었다. 노동조합을 이끄는 이른바 주동 세력들의 성향과 그때 경영주의 의지에 따라서 해마다 개정하는 노사합의는 얼마든지 바뀔 수 있는 일이었기 때문이다. 제 이기 집행부에서 전면파업까지 벌여가면서 노사합의로 통과되었던 〈편집국장 직선제〉와 〈사원단일호봉제〉가 그 뒤에도 세세연년 변함없이 시행되고 있어서 한국일보 사원들 사이의 원만한 평화가 자리 잡고 있는지는 지금도 못내 궁금하기만 하다. 내가 정년으로 한국일보 편집국을 떠난 지 오래되었기 때문이다.

다만 한국일보라는 신문사가 한국 사회에 존속하면서 독자들이 희망하고 한국 사회가 요망하고 있는 정론지다운 신문을 계속 만들어내고 노동조합이라는 간판이 사라지지 않고 용케도 한국일보 신문사안에 붙어있게 된다면 언론노동조합 창설 초창기에 채택되고 받아들여졌던 두 가지 역점사업도 힘은 들겠지만 계속 이어졌으면 좋을 일이다.

그렇게 한국일보에 들어가서 그 지붕 밑을 떠날 때까지 삼십여 년 동안 나는 〈불침번의 자세〉를 가지고 〈사회의 목탁〉이라는 이름에 걸맞게 성실히 일해왔었다. 그러니까 나는 처음 충북 제천에서 지방주재기자가 되었을 때와 한국일보 편집국 안에서 여러 부서들을 두루 거쳐서 자매지인 서울경제신문 편집국에서 정년으로 물러날 때까지 똑같은 마음과 자세로 살아왔으니 그야말로 〈억강부약의 사자〉로서 어김없는 삶을 살아왔다고 남들 앞에 떳떳하게 자랑 할 수 있었다.

내가 서울 한국일보 편집국으로 불려오면서 전세를 얻어서 들어갔었던 구로동의 스물여덟 평짜리 연립주택은 얼마 뒤 전세금을 떠안고 사들여서 우리 가족들이 한 십여 년 넘게 살아왔었다. 자동차가 많이 오가는 큰길가의 집이라 창문으로 먼지가 많이 들어오고 비좁아서 많은 가족들이 살아가기에는 어려움이 많았지만, 그 집에 사는 동안에 내가 신문기자 직에서 정년으로 은퇴했고 아내마저 사십 여 년을 천직으로 지켜오던 초등학교의 교사직을 명예롭게 물러났었다. 그러니까 그 집은 우리 부부가 지금의 양평 땅으로 이사 할 때까지 살았던 온 가족들의 보금자리 같은 곳이었다.

지금 나와 아내가 여생을 보내고 있는 집은 넓고 넓은 서른두 평짜리 층층 살림집이다. 높다란 언덕바지에 지어졌기 때문에 온 양평 장터가 한 눈에 내려다보인다. 내가 오랜 타향살이를 하고도 선조들이 묻혀있는 고향 땅 제천의 거문돌 마을로 돌아가지 않고 낯선 곳에 주저 물러 앉아버린 밑절미는 고향에 전혀 정이 가지 않기 때문이었다.

고향 거문돌 마을은 수백 년 동안 선조들이 대를 이어서 살아온 곳이었지만 조선이 일본에 강압적으로 병탄 되었을 나라를 구하려고 의병항쟁에 나섰던 할아버지와 직계 후손들이 마을 안에 진을 치고 살던 친일파들에 의해서 〈멸문지환〉을 당했었던 곳이고, 해방이 되어 찾아들었던 후손들마저 가난에 시달리면서 그들로부터 핍박을 받고 살아야 했었던 곳이어서 늙어 꼬부라진 내가 굳이 고향이라고 돌아갈 의미를 느낄 수 없었던 것이다.

나는 나이 팔십을 넘긴 오십여 년 동안 신문기자와 소설가란 두 이름으로 살아오면서 틈틈이 글을 써내서 한말 선비의병 후손들의 뒷이야기를 그린 세권짜리 장편소설 『남한강』을 비롯하여 세 권의 장편소설 세 권의 소설집 두 권의 산문집 등 모두 여덟 권이나 되는 책을 펴냈었으며, 여든 살이 되던 이천십구년에는 살아온 팔십 년의 인생역정을 돌아보는 산문집 『모서리에서 본 세상』과 삼십여 년의 신문기자 생활을 엮은 회고록 『목탁의 적바림』까지 펴내긴 했었다. 그러나 많은 세상 사람들이 읽어서 귀감이 될 만한 책은 아직까지 펴내지 못하고 있다.

이제 모든 세상일에서 물러나 〈귀거래사〉나 다름없는 글을 쓰자니 신문기자로 재직했던 삼십여 년과 평생을 글공부의 자세로 살아온 오십여 년 동안에 이런저런 인연으로 만나 교분을 나눴던 사람들의 얼굴들이 떠오르지 않을 수 없다. 첫째로 생각나는 사람은 독립투사이신 김학성 어른이시고 두 번째로는 이 어른의 천거를 무겁게 받아들여서 나를 제천 주재기자로 채용해주었던 한국일보의 장기영 발행인이다. 사람의 됨됨이가 부실했었던 나에게 두 어른은 평생 잊을 수 없는 은인이었다.

다음으로는 내게 신문기자 생활에만 만족하지 말고 소설을 써야 한다고 충동질을 하였던 소설가 명천 이문구 형을 잊을 수 없다. 그는 "강형이 천구백오십구년도 평화신문 신춘문예에 단편소설을 써내서 입선을 했었으니 당선작 한편을 더 써서 아귀를 지어야 한다"고 평소에 종주먹을 댔었고, 뒤늦게 써낸 단편소설 「담수지역」이 문인협회에서 발행하는 월간문학의 신인작품상 당선작으로 심사위원들이 결정하자 청주의 집으로 전화를 해주고 전보까지 쳐서 알려준 사람은 그 때 한국문인협회 사무국장이던 극작가이자 소설가였었던 오학영 형이었다.

이 네 분도 이미 고인이 된 지 오래다. 연세가 높았던 앞의 두 어른은 말할 것도 없고 오학영 형은 한창 일할 나이에 안타깝게도 교통사고로 유명을 달리 했었고, 또 한국전쟁의 비극을 한 몸에 안은 채 힘겹게 삶을 이어왔었던 이문구 형은 나이 칠십도 안 되었을 때 몸에 깊은 병이 들어 큰 병원에서 수술을 받았지만 회복하여 오래 살지 못하고 세상을 떠나고 말았다. 이분들은 나와 학연 지연 같은 것으로는 전혀 얽힌 바가 없었던 사람들이면서도 인간적으로 순수하게 바라보고 가까이 지냈었던 고마운 분들이었다.

나는 지방 주재기자로 활동하다가 문단에 얼굴을 내민 팔십년대 초반부터 종합일간신문에서 오랫동안 기자 생활을 했었기 때문에 다른 문인들보다는 문단과 교류의 폭이 넓었던 쪽이다. 내가 팔십년대 초반 마포에 자리 잡고 있던 자유실천문인협의회 사무실을 자주 드나들 때 회장을 맡으셨던 부산에 사시던 원로소설가 요산 김정한 선생님을 비롯하여 소설가 이호철 현기영 남정현 선생 시인 김규동 신경림 고은 민영 조태일 양성우 문익환 선생 등 여러 문인들과는 자주 교류하였었다.

그때 자유실천문인협의회에서는 전두환 군사정권의 탄압을 받아서 감옥에 들어가 고생하던 소설가 황석영 씨와 시인 양성우 박노해 씨를 비롯한 여러 문인들의 석방운동을 자주 펼치곤 했었는데 나는 소설가 이호철 선생 박태순 선생 안석강 선생 등과 어울려서 이런 궂은 일의 뒷바라지를 맡아 했었다.

이때 특히 내가 자주 뵙고 어지러운 세상에 대해서 많은 이야기를 나눴던 어른이 원로시인 김규동 선생이시다. 함경북도 경성에서 출생한 김 선생님은 한국전쟁 직전에 남쪽으로 내려오셔서 〈예술조선〉을 통해서 문단에 나왔으며 시집으로 〈시인의 빈손〉 〈느릅나무에게〉 〈생명의 노래〉 등 여러 권을 펴내셨다. 체격이 작으시고 말소리가 낮았지만 시월유신과 군부독재시대에 자유실천문인협의회와 민족문학작가회의의 고문이라는 직분으로 젊은 후배들과 많은 대정부 투쟁을 하셨던 기억이 지금도 생생하게 떠오른다.

이밖에 내가 교류하던 분으로는 안동에서 가난을 몸으로 실천하고 살았던 아동문학가 권정생 선생도 잊을 수가 없다. 그분은 안동시 일직면 조탑리라는 작은 마을의 개울가에 지은 움막 같은 작은 집에서 평생 결핵을 앓으며 살아오면서 주옥같은 동화작품들을 많이 써냈고 같은 마을의 개척교회에서 종지기로 일했었다. 그런데 권정생 선생이 작고한 뒤에 평소 가까이 지내던 천주교 안동교구의 정호경 신부가 그가 남긴 저금통장의 예금액을 헤아려보니 무려 십억 원이 넘는 큰돈을 가지고 있었음이 밝혀졌다는 것이다. 권정생 선생은 그 돈 가운데 꽤나 많은 액수를 북한 동포 어린이들에게 전달해 줄 것을 생전의 유언으로 남겼다고 한다. 그렇지만 남북교류가 사실상 끊어지다시피 한 지금 그 일들이 어떻게 되었는지 궁금하다.

나는 지금 아내와 함께 팔십을 넘긴 노년의 삶을 살아가고 있다. 우리 부부의 소망은 세상의 많은 부모들과 전혀 다를 바가 없다. 슬하의 자손들이 우리 한국 사회에서 남들과 더불어서 어깨를 나란히 하고 건강하고 보람 있게 살아가는 그것 뿐이다. 그리고 나의 마지막 기원은 여러가지로 부족하고 부실한 바보나 다름없는 나를 평생의 반려자로 선택한 뒤 가난 속에서도 연로하셨던 아버지와 어머니 두 분을 살아생전에 극진하게 모셔왔으며 자식들 넷을 올바르게 기르면서 육십 년 가까이 우리 가정을 이끌어 오고 있는 사랑하는 아내가 건강하게 살아가기를 바랄 따름이다.

(2020.1.15.)

강승원 산문집
걸어가니 길이었다

초판 1쇄인쇄 2022년 1월 27일
초판 1쇄발행 2022년 1월 30일

저 자 강승원
발행인 박지연
발행처 도서출판 도화
등 록 2013년 11월 19일 제2013-000124호
주 소 서울시 송파구 중대로34길 9-3
전 화 02) 3012-1030
팩 스 02) 3012-1031
전자우편 dohwa1030@daum.net
인 쇄 (주)현문

ISBN | 979-11-90526-63-0 *03810
정가 15,000원

도화道化, fool는
고정적인 질서에 대한 익살맞은 비판자,
고정화된 사고의 틀을 해체한다는 뜻입니다.